Johann Nepomuk Cosmas Michael Denis

Kurze Erzählung der Streitigkeiten über die alten Urkunden

Johann Nepomuk Cosmas Michael Denis

Kurze Erzählung der Streitigkeiten über die alten Urkunden

ISBN/EAN: 9783743603134

Hergestellt in Europa, USA, Kanada, Australien, Japan

Cover: Foto ©Andreas Hilbeck / pixelio.de

Weitere Bücher finden Sie auf **www.hansebooks.com**

Kurze
Erzählung
der
Streitigkeiten
über
die alten Urkunden.

Von

einem Freunde der Wahrheit,

I 7 8 3.

Zum Drucke befördert
1785.

Heidelberg,
gedruckt bei J. B. Wiesen, Univers. Buchdrucker.

Veranlaſſung.

Vor kurzer Zeit kamen mir von ungefähr ge-
druckte Anfangsbogen einer Einleitung
zur Diplomatik in die Hand, welche dem Un-
terrichte adelicher Zöglinge der k. k. ſavoyiſchen
Ritterakademie in Wien gewidmet ſeyn ſoll.
Ich freute mich, daß dieſes Feld auch dem
jungen Adel geöffnet würde. Allein wie betroffen war ich, als ich im Durchleſen auf die
Abſätze kam, in welchen von den bekannten diplomatiſchen Streitigkeiten Nachricht gegeben
wird! Ich fand hier manches einſeitig erzählet,
die Zeitordnung verworren, verdienſtvolle Männer in ein unvortheilhaftes Licht geſtellt. Vor-
züglich ſchien mirs die Jeſuiten zu gelten, welche durchgehends als unglückliche Ritter, als
Feinde — nicht falſcher und zweifelhafter
Urkunden; denn dieß ſollten und mußten ſie

ſeyn

feyn — als Feinde des ganzen Diplomenwe=
fens vorgeftellet werden.

Von S. 29. angefangen heißt es; Wa=
genreck der erfte Jefuite, welcher fich in das
diplomatifche Feld wagte. — P. Raßler fieng
nach 10 Jahren den Streit von neuem an,
und es ward des Proceffes kein Ende. —
Würde wohl ein Mabillon fchon am Ende des
vorigen Jahrhundertes fich in diefem Fache un=
fterblich gemacht haben, wenn nicht die fo be=
rufenen niederländifchen Bollandiften ein Har=
duin, Henfchen, Papebroch und andere durch
ihre Zweifelfucht und übertriebene Kritik ihn
aufgelärmet hätten. — Diefe drey Männer
kündigten überhaupt allen den alten Archiven
und Diplomen einen nicht zwar öffentlichen,
aber darum auch defto gefährlicheren allgemei=
nen Krieg an. Harduin war der Anzetler,
zog überhaupt die ältere Gefchichte in Zweifel,
und machte fich von den Documenten mittlerer
Zeiten, weis der Himmel, was für wunder=
liche Begriffe. Henfchen erklärte fich fchon nä=
her,

her, und gab ſich große Mühe, wenigſtens die Dagobertiſchen Diplomen verdächtig zu machen. Papebroch wagte ſich noch weiter, philoſophirte zuerſt über die Diplomatik, und ſetzte zur Beurtheilung der Urkunden gewiſſe Regeln feſt, die aber wirklich ſo beſchaffen waren, daß man nach ihrer Vorſchrift jedes noch ſo giltige Diplom wenigſtens verdächtig machen könnte. Ferne ſey von uns, daß wir mit La Croze dieſen ſcharfſinnigen und wirklich grundgelehrten Männern, oder auch andern ihren Ordensgenoſſen durchaus böſe Abſichten zumuthen. Wir danken ihnen vielmehr, daß ſie durch ihr kühnes Unternehmen den grundgelehrten Mabillon — veranlaſſet haben. Papebroch gab ſein Unrecht oder ſeine unnütze Kritik durch ein eigenhändiges Schreiben an Mabillon offentlich zu erkennen. Und nun mochte man auf Frieden und Ruhe ſichere Rechnung machen. Allein Bartholomä Germon eben ein wichtiges Mitglied der berühmten Geſellſchaft fieng im Jahr 1703 — in einem Duodezbändchen den Streit von neuem an. Dieſer war noch einer

A 3 der

der hitzigsten Krieger, und ob ihm schon Ruinart, Fontanini, Gatti; Lazarini und mehr
andere zu Rechte wiesen: blieb er doch bey seiner vorgefaßten Meinung, schrieb so lange er
konnte, und fand sogar an dem Wittenberger
Professor Hofmann — einen frischen Sekun-
danten, welchen aber der Antigermonist Pater
Grebner, eben ein Jesuite, meisterlich wider-
leget hat."

Es ist hart bey besserem Wissen schweigend
zuzusehen, wie irrige Begriffe in jungen Seelen
Wurzeln schlagen. Ich zog mein bischen Be-
lesenheit zu Rathe, und wurde mit mir eins,
die diplomatischen Streitigkeiten geneigten Zuhörern auch zu erzählen. Ich bin

Nullius addictus jurare in verba magistri,
ein schlichter unbefangener Freund der Wahrheit, gehöre zu keiner Gemeinde, habe unter
den regulirten Chorherren, Benedictinern)
und Exjesuiten liebe Freunde, habe keinen Be-
sitz, keinen Anspruch mit Urkunden zu verthei-
digen,

bigen, keine Familienprobe zu machen, und, was mir das Herz vollends erleichtert, ich werde meist nur der Referent von Leuten seyn, die älter und wichtiger sind, als ich bin. Was ich durch meine Erzählung ins Licht zu setzen wünsche, ist:

I. Daß Streitigkeiten über Urkunden ein höheres Alter haben, als insgemein bekannt ist.

II. Daß sie nothwendig, nützlich, eine Folge und ein Beweis der fortschreitenden Aufklärung waren.

III. Daß sie eigentlich keiner Menschengesellschaft angehören.

IV. Daß in jeder Gesellschaft für und wider Urkunden gestritten worden ist.

V. Daß leider hier und dort ein Streiter der Mäßigung vergessen hat, und endlich

A 4   VI. Daß

VI. Daß die diplomatische Zwiste vermuthlich niemal ein Ende nehmen werden.

Pandite nunc Helicona, Deae! cantusque
    movete,
Qui bello exciti Reges, quae quemque secutae
Complerint campos acies, quibus Itala jam
    tum
Floruerit terra alma viris, quibus arserit
    armis.

I. Man

I.

Man müßte in dem Reiche der Gelehrſamkeit wenig bewandert ſeyn, wenn man von den Bemühungen verſchiedener Zeiten Contrebandwaaren in ſelbes einzuführen nichts wiſſen ſollte. Die Antiquitatum variarum Volumina des Dominikaners Annius von Viterbo, (a) die Ethruſcarum Antiquitatum fragmenta des Curzio Inghirami, (b) die Canones und Epiſtolae Decretales des Iſidorus Mercator, (c) das Chronicon Dextri, das der Jeſuit Hier. Rom. de la Higuera aus Deutſchland erhalten haben ſoll, (d) die berüchtigte Donatio Conſtantini, ſo viele den Kirchenvätern unterſchobene Werke, die ihnen nach und mit andern Kritikern die verdienten Maurianer in ihren letzten Ausgaben abgeſprochen haben, die

A 5

mit

(a) Romae 1498. fol.

(b) Francof. 1637. f.

(c) In Collect. Concil. Jac. Merlini, Paris 1524. f.

(d) Nic. Antonius Bibl. Hiſp. Vet. L. II. C. 8.

mit dem Tode bestraften Fälscher Alf. Cecarelli
und Carlo Galluzzi, sind traurige Beyspiele da=
von, und noch heute wünschet der vernünftigste
Theil des röm. Klerus, daß gewisse Ueberbleibsel
unstatthafter Legenden aus den priesterlichen Ta=
gezeiten geschaffet werden möchten. Numismatik
und Epigraphik blieben eben so wenig von Fäl=
schern verschonet, und damit ich näher auf die Ar=
chive komme, will ich den sehr erfahrnen J. G.
Eckhart und Muratori reden lassen. Der erste
macht zum 13. Kap. des V. Kapitulars: Si in-
ventus fuerit quis chartam falsam fecisse —
manum perdat, aut redimat, folgende Anmer=
kung: Fuerunt ergo jam tum falsarii & Diplomatum suppositititiorum fabri. Rigida hac lege
eos a malitia sua cohibitos non fuisse, Ar-
chiva non una probant, quae falsis ejusmodi
chartis & Privilegiis etiam post haec tempora
exaratis referta sunt. (e) Der zweyte schreibt:
Primo statuendum est, nullum seculum, nul-

lum

(e) De reb. Franc. Orient. T. II. Wirceb. 1729.
p. 102. f.

lum regnum litteris utens olim in Europa ex-
titiſſe, quod immune ſe ab impoſtoribus jactare
potuerit. Imo ne ultima quidem ſecula, atque ipſa noſtra aetas abominando hoc homi-
num genere caruit. Freylich könnte man jene,
die ſich ihre durch Feuersbrünſte oder in Kriegs-
zeiten verlohrne Diplomen wieder neu ſchreiben,
oder dafür Beſtättigungsbriefe von den Fürſten
auswirkten, keiner üblen Abſichten beſchuldigen;
Sed & alii fuere, in quibus perverſa conſilia
ſuſpicari liceat, quod apertis oculis fraudu-
lentas falſasque pararent membranas, aut
ſibi ab aliis conſcribendas curarent, ut aut
male parta confictis iis titulis tuerentur, aut
ementitum decus inde ſibi procurarent. Nunquam enim deſiderati ſunt, qui ſuae gentis,
qui ſui caetus atque collegii, qui denique
familiae ſuae, ſuorumque Majorum originem,
praerogativas, nobilitatem aliasque dotes am-
plificatas ultra aequum concupierint, ſibique
religioni minime duxerint, confictis etiam ta-
bulis Populo perſuadere, quod veris praeſtare
non poterant. Er führet darauf die alten Straf-
geſätze

geſätze wider die Fälſcher an, und weil Fontanini
geſagt hatte: (f) es wären wegen öfterer Züchti=
gung dieſer Leute keine alten unächten Diplomen
mehr vorhanden, nennt er dieſe Meynung aben=
theuerlich (enormem) und fährt fort: Profecto
opus eſt homini alioqui doctiſſimo, qui haec
pronunciavit, ut nulla unquam patuerint Ar-
chiva. Celebris hac in re & Eruditorum cal-
culo probata eſt aſſertio cl. Mabillonii omnium
graviſſimi teſtis *L. III. c. 6. de Re Dipl.* Col-
legia prope nulla, pauciſſimas Eccleſias aut
Familias immunes eſſe ab hac ſpuriorum in-
ſtrumentorum labe. Idem quoque confirmavit
doctiſſimus P. Germonius e S. J. Idem & ego
experientia pluries didici. Er habe in den mei=
ſten italieniſchen Stadtarchiven unzählige falſche
Urkunden gefunden. Einige dieſer Afterſtücke wä=
ren zwar plump; alia tamen ſunt tanta arte in-
genioque conficta & quidem ante multa ſecula,
ut in iis dijudicandis aqua haereat ipſis etiam

Cri-

(f) Vindiciae antiquor. Diplom. Florent. 1705. 4.
P. 58.

Criticorum acutiſſimis. (g) Iſt nun Muratori mit der Fackel der Kritik in der Hand noch in unſerm Jahrhunderte auf ſo viel Wuſtes geſtoſſen, wie muß es in früheren Zeiten, da dieß Licht noch nicht leuchtete, ausgeſehen haben? Freylich ließt man ſchon im XI. Jahrhunderte von einem diplomatiſchen Auto da Fe, den Leo der IX. zu Subiaco gehalten hat. Sublacenſes, ſagt die Chronik, (h) ad ſe convocavit in monaſterio, quorum & requirens monumenta chartarum, notavit falſiſſima, & magna parte ante ſe igne cremari fecit. Allein es waren immer der Mittel zu wenig auf den Trug zu kommen, wenn ihn die Urheber nicht ſelbſt eingeſtanden. Dieß geſchah doch zuweilen, wie es ſich aus einem Briefe des Biſchoffes Aegidius von Ebreur an Alexander III. aus dem XII. Jahrhunderte ergiebt, in welchem das Zeugniß des Biſchoffes Gaufridus von Chalons angeführet wird: Ait, quod dum in eccleſia B. Medardi Abbatis officio fungeretur, quemdam Guernonem nomine ex Monachis

nachis

___

(g) T. III. Antiquit. Ital. med. aev. Differt. 34.
(h) Muratorii Antiquit. Ital. T. IV. p. 1041.

nachis fuis in ultimo confeſſionis articulo ſe falſarium fuiſſe confeſſum, & inter caetera, quae per diverſas eccleſias figmentando conſcripſerat, eccleſiam B. Audoeni, & eccleſiam B. Auguſtini de Cant. adulterinis privilegiis ſub Apoſtolico nomine ſe muniiſſe lamentabiliter poenitendo aſſeruit. Quin & ob mercedem iniquitatis quaedam ſe pretioſa ornamenta recepiſſe confeſſus eſt, & ad B. Medardi eccleſiam detuliſſe. (i) Was ſind wohl nun Männer, die ſich's ſauer genug werden ließen der Nachwelt über dieſes Unweſen die Augen zu öffnen, den Betrug, der noch im Finſtern lauſchte um gelegentlich los zu brechen, zurücke zu ſcheuen, ihre Mitmenſchen vorſichtig, heikel, mistrauiſch zu machen? Sind ſie Aufklärmer, Friedenſtörer, zankſüchtige, neidiſche Grübler, übertriebene Pyrrhoniſten? Mir ſcheinen ſie nützliche Beförderer der Kenntniſſe, warme Freunde der Wahrheit und Aufklärung, wahre Wohlthäter ihres Geſchlechtes. Treten wir näher zum Kampfplatze,

von

(i) Henr. Whartoni Angl. Sac. in praef. P. II.

von dem ihre Stimme früher erſcholl, als man
ſich insgemein einbildet.

II.

Im Jahre 1513. kam zu Venedig die Chronik
des Kloſters von Monte Caſino 4. heraus. Ang.
de Nuce, nachmaliger Abt dieſes Kloſters, ſchreibt
alſo davon: Hujus chronici, neſcio, quod nactus
exemplum Laurentius Vicentinus Monachus
Venetiis illud edendum curavit 1513. Cui
editioni quamquam multis locis refragatur
Baronius, ea tamen perſaepe utiliter & cum
laude ſe uſum fuiſſe non diffitetur. Venetam
nihilo melior conſecuta fuit editio Pariſienſis
anno ſervati orbis 1602. opera Jac. du Breul
Monachi S. Germani a Pratis. (k) Es hiengen
an dieſer Chronik verſchiedene unächte Urkunden,
die geduldig geleſen wurden, bis der Card. Ba=
ronius in ſeinen Annalen hier und dort einige da=
von verwarf. Beſonders that er ſich wider eine
Diſputation auf, die Petrus Diaconus in Gegen=
wart

(k) In Praef. ejusd. Chron. Paris. 1668. oder Mu=
rat. Script. rer. ital. T. IV.

wart des Kaiſers Lotharius mit den Cardinälen
gehalten haben ſollte. Cujus Acta, ſagt er, ab
aliquo pro arbitrio conciunata, cum multi-
pliciter arguantur falſitatis, indigna putamus,
quae annalibus intexantur. Ita Deus men-
tienti reſiſtit, ut quamvis vafer & callidus
ſit, qui orditur telam mendacii, ejus obſcu-
ret velut faſcino intellectum, ut videre non
ſinat, quae aliis ſunt perſpicua, ut ſic inde
redargui poſſit falſitatis. Recenſentur ipſa in
quarto libro Chronici Caſinenſis, quem Petrus poſuit Appendicem ad Leonem Oſtien-
ſem. (1) Der Abt Matthäus Lauretus, der dieß
Chronikon zum drittenmale ans Licht ſtellte, fällt
dem Cardinale bey. Praeter rationes a Card.
Baronio in eorum confutationem allatas ego,
qui librum ipſum manuſcriptum, in quo hujusmodi Acta continentur, diligenter inſpexi,
addo ſequentes, videlicet characterem, chartam & atramentum eſſe valde diverſa ab his,
quibus antecedentia ejusdem libri ſunt ſcripta;
appa-

---

(1) Annal. T. XII. ad an. 1138. Romae 1607. f.

apparent enim multo recentiora, affuta & ad-
jecta fuperioribus. Imo qui ea voluit praecedentibus connectere, quaedam erafit, quaedam vero fuperfcripfit, tum ex indice capitum
eidem libro quarto Chronici praefixo, tum
etiam ex fine u. f. f. (m) Er behauptet dabey
die Venetianerausgabe des Chronikons mit der
Handschrift im Casinerarchive verglichen, und eine
Menge Fehler und Unrichtigkeiten gefunden zu ha=
ben. Höre man nun, wie sich der oben ange=
führte Abt Ang. de Nuce über dieß Vorgeben sei=
nes Ordensgenossen ausläßt: Matthaeus Lauretus Abbas S. Salvatoris de Caftellis hofpes
olim facri coenobii Cafinenfis, rogatune Ca-
finenfium, an fua fponte, obfcurum, hanc
ipfam hiftoriam Neapoli edendam curavit anno 1616. Sed ita, ut omnia fidcliffime ex ar-
chetypis expreffiffe teftaretur, illudque jacta-
ret, vindicatam ab fefe a probris & repurga-
tam fuiffe ad fidem originalis venetam editio-
nem.

(m) Chronicon Cafin. Neapol. 1616.

nem. Qua fronte — homo iſte fuit, ut de
ſuae fide editionis tam impudenter ementire-
tur? quam ſaepe ab eo, quam multarum rerum ordo perturbatus! Annorum ac tempo-
rum quam depravata ratio! quam temere in-
farta & inculcata multa e ſuo! Quid quod
Matthaei ſomniis nomen praetexit & authori-
tatem Leonis ac Petri, eaque his tribuit,
quae ipſis dicere nunquam venit in mentem. —
Quid verbis opus eſt? vix unum ſine flagitio
mendoque verſum deprehendas, ut non tam
Leonis hiſtoriam, quam errorum odyſſeam
edidiſſe videatur. (n) Wir haben hier drey
Männer eines Ordens, derer einer den andern
verwirft. Der letztere drücket ſich mit einer Hef-
tigkeit aus, die mir wehe thut, und die man in
den letzten diplomatiſchen Streitſchriften kaum an-
trifft. Allein dieß iſt nur erſt der Anfang der gelehrten Zwiſte, die das Chronicon Caſinenſe erreget hat.

III. Im

(n) Muratori Script. Rer. Ital. T. IV. p, 161.

III.

Im Jahre 1596. sprach der Card. Baronius Pabst Gregor den Großen dem Benedictinerorden ab. (o) Primus hac de re in jus nos vocavit Illuſtriſſimus Cardinalis Caeſ. Baronius, (p) schreibt der vortreffliche Mabillon. Die Benedictiner wollten sich natürlich diese Zierde nicht rauben lassen. Es erschien Conſt. Belloti Gregorius M. inſtituto S. P. Benedicti reſtitutus. (q) Henr. Zypaei eines Niederländers S. Gregorius M. ex nobiliſſima & antiquiſſima in eccleſia Dei familia Benedictina oriundus. (r) Der oben übel behandelte Lauretus fügte seiner Ausgabe des erwähnten Chronikons eine Diſputatio de Monachatu Gregorii bey. Conſt. Cajetanus schrieb pro Joanne Diacono S. R. E. Cardinali de S. Gregorii monachatu benedictino, (s) und endlich behauptete Mabillon in seiner diſſertatio de

B 2 mona-

(o) Annal. Eccl. T. VII. p. 538.
(p) T. I. Act. SS. O. S. B. Praef. §. 7.
(q) Brixiae. 1603. 4.
(r) Ipris. 1611. 8.
(s) Salzb. 1620. 4.

monaſtica vita Gregorii I. (t) die Sache gelehrt
und gründlich. Zu wünſchen wäre, daß ſich der
erſte Vertheidiger Belloti nicht auf Urkunden aus
dem Caſinenſerarchive berufen hätte. Ant. Gal=
lonius ein Oratorianer ergriff nun die Parthey des
Cardinals ſeines geweſenen Ordensgenoſſen, und
ſchrieb einen Liber apologeticus pro aſſertis in
annalibus eccleſiaſticis de monachatu ſancti
Gregorii Papae adverſus D. Conſt. Bellotum
monachum caſinatem, cui accedit reſponſio
de iisdem ad alium ejusdem ordinis monachum. (u) Das Buch iſt ſelten, und ich kann
mich nur des Auszuges bedienen, der davon in
den Briefen des gelehrten, aber den Benedictinern
nicht geneigten Rich. Simons ſteht. (v) Ein
Paar ausgehobener Stellen, ohne Simons bittere
Gloſſen beyzufügen, wird hinlänglich zeigen, mit
welcher Hitze Gallonius ſeinen Widerſachern be=
gegne. Er entſchuldiget den Cardinal: Quod ſi

ab

(t) Vett. Anal. Paris. 1723. p. 499. S. auch Acta
   SS. O. S. B. loco ſuprac.
(u) Romae ex typogr. Vatic. 1604. 4.
(v) Lettres choiſ. Amſt. 1730. T. III. Lett. 11.

ab ipſo quaedam contigit aſſerta privilegia ſive donationum inſtrumenta redargui impoſturae, id non inſultans, ſed dolens fecit, dolens inquam, quod florentiſſima monachorum inſtitutio ſanctiſſimi Patris Benedicti iſtiusmodi ſordium aſpergatur inquinamentis, quae, & quod deterius eſt, non expurgantur a ſuis; imo intacta ſinantur, amentur & conſerventur. Er entſchuldiget ſeine Abſicht: Non hoc agit, qui ea redarguit falſitatis, ut bonorum illorum vos injuſtos arguat poſſeſſores, neque quod bona illa falſorum documentorum auctoritate poſſideatis, ſed hoc potius, quod, pluribus ejusdem Monaſterii naufragiis deperditis germanis earundem donationum ſcriptis, aliquis ex veſtris, ſed non de veſtris impoſtor illa cuncta finxerit, quae ſunt confutata diplomata. Endlich antwortet er dem zweyten, der mit einem Privilegium des h. Gregorius aufzog: Quando tu illud velut aliquid pretioſum e caſinenſi codice prodis, ac tanquam purum aurum profers, non nobis, ſed tibi imputetur, ſi nos coges invitos tantam impoſturam detegere, palam-

que cunctis intuendam exponere, unde tui eru-
befcant, qui illud citant, retinent, fovent,
atque defendunt. Man ſieht hier Benedictiner
und Oratorianer gegeneinander zu Felde. War
es eine Verſchwörung der letzteren? Hatten ſie einen Anſchlag auf die Benedictinergüter? Dieß
könnte nur einem La Croze, einem J. Pet. Ludewig einfallen. Aber dieß ſcheint mir natürlich,
daß ſich ein Mitglied einer neueren untitrirten Gemeinde immer leichter wider die alten Urkunden
erklären wird.

Cantabit vacuus coram latrone viator.

IV.

Bisher war unſer Kriegstheater nur immer
in Italien; allein nun zieht ſich der Streit auch
nach Frankreich hinüber. Man hatte auf dem
Berge Caſino immer geglaubet in dem Beſitze des
Körpers des h. Erzvaters Benedictus zu ſeyn, und
nun erſcheint des Cöleſtinermönches Johann du
Bois oder Boſe Floriacenſis vetus Bibliotheca (w)

in

(w) Paris 1605. 8.

in welcher aus Urkunden dargethan wird, daß sich
dieser Schatz in dem französischen Benedictiner=
kloster Fleury befinde. Der Card. Baronius fiel
ihm bey und schrieb vom Petrus Diakonus, der
die Zurückebringung der h. Ueberbleibsel nach Mon=
tecasino erzählet hatte: Vacillat fides ejus ex
Eugenii Papae tertii & succefforum Pontifi-
cum diplomatibus editis nuper ex promtuario
Floriacenfi omni fide a Joanne a Bofco mona-
cho coeleftino optime merito de monaftica an-
tiquitate ordinis S. Benedicti (x) Allein der
schon öfter berührte Matth. Lauretus setzte sich mit
einem Tractate de vera exiftentia corporis S.
P. Benedicti in Cafinenfi ecclefia, deque ejusdem translatione entgegen, (y) dem er noch ei=
nen Anhang 1618. nachschickte, in welchem er den
spanischen Ordenschronisten Ant. Yepes, der es
ebenfalls mit den Franzosen hielt, (z) exfufflat,
damit ich mich des Ausdruckes des Cafineferabtes

B 4

Erasm.

(x) Annal. eccl. T. XII. ad an. 1107. Romae 1607. f.

(y) Neapol. 1607. 4.

(z) Hiftoria gener. de la orden de S. Benito. In
    Monaft. Irac. 1609. T. II. f.

Erasm. Gattola (a) bediene. Nicht zufrieden da=
mit führte er in der Vorrede seines §. II. erwähn=
ten Chronikons bittere Klagen über die Biblioth.
Floriacenfis: Quam cum evolvere coepiffem,
incidi in tractatum quendam de translatione
S. Benedicti, in quo praefatus Joannes (du Bois)
acriter infectatur monachos Cafinenfes, illos-
que mendacii, falfitatis & imposturae infimu-
lat, quafi omnia, quae habentur in Chronico
Cafinenfi commentitia fint, ac fuppofititia. —
Obftupui ac fere excandui, quod vir alioquin
religiofus & regulam S. Benedicti profeffus
talia effutire fit aufus, nec erubuerit fratres,
imo patres fuos adeo temere & procaciter in-
fectari, contraque omnem rationem ac veri-
tatem manifeftam eisdem falfitatis & impoftu-
rae notam inurere. Ich weis nicht, ob sich der
gute Mann so eifrig der Cafinefer angenommen
hätte, wenn ihm das Urtheil vorgesaget worden
wäre, das manchmal Ang. de Nuce, wie oben,
über ihn gefället hat. Indessen gewannen die Fran=
zosen

(a) Hift. Cafin. Sec. XII. p. 769. Venet. 1733. f.

zofen immer mehr Grund. Der Domherr Karl de
la Sauffaye von Orleans ſtritt in ſeinen Jahrbü-
chern dieſer Kirche für die Floriacenſer. (b) Der
Benedictiner Hugo Menard widerlegte ſeine italieniſchen Ordensbrüder in ſeinen Noten zum Mar-
tyrologium SS. O. S. B. (c) und ſein Mitgenoß
Sim. Millet gab einen Traité de la translation
du corps de S. Benoiſt en france heraus. (d)
Der Oratonianer le Cointe ſtand in ſeinen Jahr-
büchern der franzöſiſchen Kirche (e) für eben dieſe
Meynung; am beſten aber beleuchtete ſie endlich,
wie zu vermuthen war, der große Mabillon in ſeiner Diſſ. in hiſtoriam translationis corporum
S. P. Benedicti & S. Scholaſticae in Galliam. (f)
Wie beſcheiden ſchreibt er: Cum in ea, quam
tractamus, quaeſtione bullae bullis nonnun-
quam unius ejusdemque Pontificis utrimque
opponantur, huic argumento ſuperſedemus,

B 5 ne

(b) Annal. eccl. Aurelian. Paris. 1615. 4.
(c) Paris. 1629. 8.
(d) Paris. 1644. 8.
(e) T. III. Paris. 1688. ad an. 673. f.
(f) Acta SS. O. S. B. ſec. II. Paris. 1669. p. 337. f.

ne in Cafinenſes noſtros, quorum religionem
ac pietatem ſuſpicimus, Baronii animadverſiones iterum regerere cogamur! Allein was half
es? Angelus be Nuce ſuchte ihn aufs neue zu wi=
berlegen, (g) unb an einem anbern Orte ſagt er:
Quod attinet ad translationem, video bullas
bullis opponi. Adi Lauretum (ben er ſelbſt ſo
ſehr verworfen hatte) bullas Alexandri II. Ur-
bani II. — tabularium Cafinenſe ſervàt au-
tographas ab omni penitus exceptione immunes. Dubitas? Veni & vide. (h) Dieſer
ſchon zu Anfange bes Streites wieberholte Gegen=
ſaß ber Urkunben verleitete ben feurigen Simon zu
ſchreiben: Les Moines du Mont-Caſſin produiſent pluſieures Bulles des Papes, qu'ils pre-
tendent être vraies. Ceux de Fleury, dont
du Boſc a pris le parti, en produiſent auſſi,
qui ſelon eux ont toutes les marques de verité.
Voila donc plomb contre plomb; & les uns

&

(g) Append. tertia ad chron. Cafin. Murat. Rer.
Ital. T. IV. p. 623.

(h) Append. ad Leonis L. III. c. 28. ejusd. T. IV.
p. 441.

& les autres pour defendre la verité de leurs
Bulles se traitent mutuellement de faussaires.
Quel parti prendre en cette occasion? (i) Wie
froh bin ich, daß ich diese Frage aus Mabillon
beantworten kann! Er redet von den Urkunden,
die wider den Galloni und die Floriacenser ge=
braucht worden sind.   Perspectis illorum instru-
mentorum erratis haec tandem reprobarunt
Casinenses nostri, qui bona fide iis utebantur,
uti Bellotus & Cajetanus, atque ex Chronici
sui postrema editione expunxerunt. (k) Sollte
man denn nun den Streit nicht für entschieden
halten? Wie sehr muß man also betroffen seyn,
wenn man ihn erst 1723. vom Muratori T. II.
script. rer. ital. pag. 349. Quaestionem impli-
catissimam nennen höret, und die Gründe für
die Casineser erwäget, die in des vortrefflichen
Cardinals Querini Commentarien aufs Jahr 1753.
und 54. zu lesen sind. Also noch nicht entschieden?
So scheint es.   Wäre es aber nicht besser, möch=
te jemand fragen, wenn dieses lange geschehen
wäre?

(i) Lettres chois. T. III. Lett. 12.
(k) De Arte Dipl. L. III. c. 3. Paris. 1709. p. 228. s.

wäre? Vielleicht; aber man bedenke, zu wie
vielen historischen Untersuchungen dieser Zwist ge-
leitet, wie manches er in der dunklen Mittelzeit
aufgekläret, wie sehr er die Aussichten der Kritik
erweitert habe. Mag doch einer oder der andere
Kämpfer seiner Leidenschaft zuviel nachgegeben, zu
häftig geschrieben haben. Auch dieß gehört mit
zur Vollkommenheit und Harmonie des Ganzen,
wie Reif und Hagel in der Körperwelt.

V.

Aber noch immer sehe ich keine Jesuiten. Dach-
te ich doch, sie wären die Anzetler, die Aufklärmer
diplomatischer Streitigkeiten, die Erbfeinde der
alten Urkunden gewesen. — Geduld, geneigter
Zuhörer! bald sollen sie auftreten; nur thut mir
leid, daß ich sie fürs erste nicht als Angreifer,
nur als Vertheidiger einführen kann. Wer kennt
die Vortrefflichkeit des Werkchens de Imitatione
Christi nicht? Und nun dessen Verfasser? In
Deutschland gieng es seit Jahrhunderten hand-
schriftlich und gedruckt meist unter dem Namen
des regulirten Chorherrn Thomas von Kempis,

in

in Italien und Frankreich meist unter dem Namen des berühmten Pariserkanzlers Johann Gersons. Unter andern ließen es die Jesuiten ver-
schiedentlich auflegen, weil sie es von ihrem
Stifter schätzen gelernet hatten. (1) Der be-
rühmte Denis hat uns eine Edition bekannt gemacht, die sie 1561. in ihrem Collegium zu
Wien veranstaltet hatten. die auf dem Titel-
blatte zwar den Namen Gersons, am Ende aber
seltsam genug die Anmerkung trägt: Quamvis
iste libellus dicatur Joannis Gersonis: author
tamen ipsius fuit Thomas de Kempis Canon.
regularis. (m) Gerson konnte auch in der That
wenig Anspruch auf das Werkchen haben, weil
es augenscheinlich einen Ordensgeistlichen zum
Verfasser hat, dergleichen Gerson nicht war;
allein im J. 1607. und 1613. äußerten die Jesuiten Ant. Possevinus und Rob. Bellarminus
einen Zweifel, ob es nicht einem Abbas Joannes de Gersen, sive de Gessen angehören könnte,

---

(1) Ribadeneira in vita B. Ignatii L. I. c. 13. Or-
landinus Hist. S. J. P. I. L. 5. n. 9.
(m) Wiens Buchdruckergeschicht. S. XVI.

te, deſſen Namen man auf einer alten Hand=
-ſchrift eines Jeſuitennovitiates gefunden hatte.
Rem in medio ponam, ſchreibt der letzte, &
lectori judicium relinquam. (n) Dieß ſcheint
den Benedictinerabt Conſt. Cajetanus aufmerk=
ſam gemacht zu haben. Er erhielt gedachte
Handſchrift von dem Jeſuiten Jul. Nigronus.
Er war ein ungemeiner Eiferer für ſeinen Or=
den, und hatte Luſt, wie ſeine Schriften bezeu=
gen, alles um ſich her einzukleiden. Er liefer=
te alſo nach drey Jahren eine Ausgabe des Werk=
chens unter dem Titel Venerabilis Viri Joannis
Geſſen Abbatis O. S. B. und fügte gleich eine
Defenſio pro hoc ipſo librorum authore bey.
(o) Warum ſich nun ein flamändiſcher Jeſuit
lieber auf die Seite der Chorherren , als der
Benedictiner geſchlagen habe, weiß ich nicht;
aber das weiß ich, daß Thomas von Kempis
ſein Landsmann war, daß er in ſeinem Lande
im Beſitze des Werkchens war, daß erſt 1610.

ein

(n) De ſcriptorib. eccl. Romae. 1613. 4. Ant. Poſ-
ſevini Apparat. ſacer. Venet. tom. tert.

(o) Romae 1616. 12.

ein andrer Landsmann und Jesuit Henr. Som=
malius den Thomas von Kempis in Rom her=
ausgegeben, und in der Vorrede, bezeuget hatte,
es wäre ihm in der Bibliothek der reg. Chor=
herren bey S. Martin zu Löwen das Werkchen
in der Handschrift des Thomas selbst aufgestos=
sen — kurz, ein flamändischer Jesuit Herib.
Rosweydus vertheidigte ihn wider den Cajeta=
nus, (p) und Cajetanus war bald mit einer
Gegenantwort wieder fertig. (q)   Wir haben
also hier abermal Handschriften gegen Hand=
schriften; allein es würde vermuthlich dabey ge=
blieben seyn, wenn sich nicht nach einer Zeit
hitzigere Köpfe in das Spiel gemenget hätten.
Als der Card. Richelieu eine herrliche Ausgabe
der vier Bücher von der Nachfolgung Christi
im Louvre veranstalten wollte, ward er von dem
P. Greg. Tarisse General der Congregation von
Saint Maur ersuchet, ihr den Namen des Joh.

Ger=

(p) Vindiciae Kempenses. Antw. 1617. 12.

(q) Concertatio priori editione auctior. Acc. apo-
logetica responsio adversus Herib. Roswey-
dum. Romae. 1618.

Gerfen vordrucken zu laſſen, indem der Abt
Conſt. Cajetanus vier alte Handſchriften unter
dieſem Namen in Italien aufgefunden hätte.
Der Cardinal wollte von der Aechtheit dieſer
Manuſcripte unterrichtet ſeyn, und der P. Pro-
curator der Maurianer in Rom erſuchte den bekannten Bibliographen Gabr. Naudäus, der ſeit
1631. daſelbſt Bibliothekar des Cardinals Bagni
war, ſie in Geſellſchaft des Untercuſtos der Va-
ticana Fioravante Martinelli zu beurtheilen. Das
Urtheil fiel ungünſtig aus, der Namen J. Gerſen ſchien ihnen von einer neueren Hand zu
ſeyn, Naudäus ſchrieb 1641. den ganzen Verlauf
an die gelehrten Brüder Dupuy nach Paris.
Indeſſen hatte ein engliſcher Benedictiner Franz.
Valgravius den Abt Gerſen 1638. auch in Frankreich eingeführet, (r) und nun glaubten die
reg. Chorherren Zeit zu ſeyn ihren Thomas zu
vertreten. Es erſchien Thomas a Kempis vin-
dicatus per unum e Canonicis regularibus
Con-

(r) Animadverſiones apologet. ad titulum & tex-
tum. Paris, 12.

Congreg. Gallicanae. (s)   Der unus war Joh.
Fronteau Kanzler der Pariſer Univerſität, der
ſeine Ausgabe unter dem Titel: Thomae a Kempis de imitatione Chriſti libri IV. cum evictio-
ne fraudis , qua nonnulli hoc opus Joanni
Gerſen Benedictino attribuere, (t) wiederholte,
und ihr die oben berührte Relation du ſieur
Naudé a Meſſieurs Dupuy de quatre Manu-
ſcrits, qui ſont en Italie touchant le Livre
de imitatione Chriſti fauſſement attribuez a
Jean Gerſen Benedictin Abbé de Verceil, par
l' Abbé Conſtantin Cajetan, zugab.   Dieß hieß
den Zankapfel in das Göttermahl werfen.   Der
Benedictiner Rob. Quatremaires Homme d'eſprit
& d' erudition,   mais ardent & cauſtique,
wie ihn der Barnabit Niceron ſchildert, (u) zog
ſo heftig los, (w) daß der gelehrte Bern. Pez
selbſt

(s) Paris. 1641. 8.
(t) Paris. 1649. 8.
(u) Mem. des Hom. illuſtr. T. IX. p. 100. T. XXI.
    p. 83.
(w) Joan. Gerſen Abbas Vercellenſ. O. S. B. —
    Iterum aſſertus contra refutationem P. Joannis
    Fronteau. Paris 1649. 8.
C

selbst von ihm schreibt: Atrox adversus Ga-
brielem Naudaeum, & Joannem Frontonem
Can. regularem bellum gessit. (x) Er both
auch den fürchterlichen Launoy auf, der damal
noch sein Freund war, und ließ dessen Disser=
tation wider den Thomas mit seinem Werke
drucken. Er behauptete, wenn sich in den oft
erwähnten Manuscripten Verfälschungen fänden:
so könnte sie nur Naudäus selbst gemacht haben.
Naudäus sonst nach Niceron (y) homme fort
sage & fort reglé dans ses moeurs, fieng
hierüber so gewaltig Feuer, daß er den Handel
vor das Parlament brachte. Une affaire, schreibt
Rich. Simon, qui ne devoit être que d'erudition, devint personnelle. Naudé attaqua
fort durement les Moines, comme favorisant
des faussetez manifestes. Ceux-ci l'ayant
poursuivi pour injures & calomnies atroces
loin de nier le fait, il se mit en état de
defendre, ce qu'il avoit avancé. (z) In der
That

(x) Biblioth. Maur. L. I. c. 5. Aug. Vind. 1716. 8.
(y) T. IX. p. 81.
(z) Biblioth. crit. T. I. c. 7.

That gab er in zwey Jahren 1651. und 52. sieben eigene Streitschriften heraus, und lies sechs fremde für den Thomas von Kempis mit seinen Vorreden drucken. (a) Am meisten beleidigen wohl den Anstand seine Raisons peremptoires, (b) in welchen er zwanzig Beyspiele mönchischer Verfälschungen aufstellte, die nachher Conring wiederholet, Mabillon aber mit vieler Würde abgelehnet hat. (c) Nun gings ans Handschriftensammeln. Die Benedictiner legten die ihrigen im Jahre 1671. in dem erzbischöflichen Palaste zu Paris versammelten Kennern vor, und ließen sich über ihre Aechtheit ein Zeugniß ausstellen. Eben dieses thaten im J. 1681. die reg. Chorherren, und merkwürdig ist, daß Faure, d'Herouval und Baluze beydesmal unter den Zeugen waren. Nachher hielten sich beyde Theile an ihre Handschriften, der Streit dauerte fort, und ich müßte eine kleine Bibliothek abschreiben, wenn ich ihn bis auf

---

(a) Niceron T. IX. p. 102.

(b) 1652. 4.

(c) De Arte diplom. L. III. c. 3.

unfre Tage verfolgen wollte. Nur merke ich
an, daß der gelehrte Denis in feiner Bücher=
kunde (d) zu gütig für die reg. Chorherren
entschieden hat. Wir erhielten nach Amorts
Scutum Kempense eine Pariferauflage der IV.
B. von der Nachfolg. Christi, welcher J. Ba=
lart eine starke Differtation für den Abt Gerfen
angehängt hat. (e) In den Niederlanden er=
schien Differtation fur l' Auteur du livre intitulé de l' imitation de J. C. (f) für den
Thomas, in welcher der Welt ein neu aufge=
fundenes Manufcript vorgeleget wird mit der
Auffchrift: Notandum, quod iste tractatus edi-
tus est a probo & egregio viro Magistro
Thoma de monte fanctae Agnetis, & canoni-
co regulari in Trajecto Thomas de Kempis
dictus, defcriptus ex manu autoris in Trajecto anno 1425. in Sociatu Provincialatus.
Endlich kamen erst unlängst heraus: De imitatione Christi libri IV. ad veram lectionem

revo-

(d) II. Th. p. 41.
(e) Paris. 1758. 1764. 1773. 12.
(f) A Verceil, & fe trouve à Paris. 1775. 8.

revocati & auctori ſuo Thomae a Kempis Can. reg. O. S. A. denuo vindicati per Franc. Joſ. Desbillons. (g) Anſehnliche Kunſtrichter glauben, Desbillons thue überzeugend dar, daß Thomas a Kempis der ächte Verfaſſer ſey. (h) Wird er nun wohl ohne Antwort bleiben? Dieß mögen meine Zuhörer entſcheiden. Mir iſt genug auch in der Erzählung dieſes Urkundenzwiſtes einige der Wahrheiten durchſcheinen gemacht zu haben, die ich in der Veranlaſſung vorausſetzte. Wenn ich bedenke, wie viele Handſchriftenſammlungen und Bibliotheken bey dieſer Gelegenheit durchſuchet, wie manche Mottenheere in ihren verjährten Beſitzen geſtöret, wie manche Punkte der alten Graphik und Typographik beyläufig erörtert worden ſind, ſo rufe ich zwar mit einem feurigen Lucan nicht auf: Scelera ipſa, nefasque hac mercede placent! aber ich beſcheide mich mit der Erinnerung, daß uns Menſchen, nicht Engel, ſo viel Gutes geſtiftet haben.

C 3　　　　　　VI.

(g) Mannhem. 1780. 8.
(h) Götting. Anzeig. 1780. p. 822.

VI.

Bisher habe ich also kein Jesuitencomplot
wider die alten Urkunden entdecken können. Ich
finde nun in der Zeitfolge, daß die Jesuiten Henr.
Wangnereck (denn so heißt er, nicht Wagne=
reck) und Mar. Raßler ein unächtes Diplom
des Frauenstiftes zu Lindau vertheidiget haben;
(i) allein dieß führet zu keinem Complote. Ich
finde, daß Joh. Launoy Autor feu verius far-
cinator audacia fua famofus, wie ihn Fonta=
nini nennt (Apparement parceque fes écrits
ont deplu à la cour de Rome, fetzt Bauval
hinzu (k)) mit dem Benedictiner Rob. Quatre=
maires über eine Charta immunitatis des Klosters
St. Germain des Prez hitzige Schriften gewechselt
hat, (l) daß Lenglet von ihm schreibt: M. de
Launoy eft un de ceux, qui en a plus har-
diment écrit en attaquant les privileges de
la plûpart des Abbayes, & des ordres religieux; (m) allein Launoy war kein Jesuit. Ich
fin=

(i) J. Pet. Ludewig Praef. ad Reliq. Mfs. p. 56.
(k) Ouvr. des Sav. Octob. 1706.
(l) Niceron T. XXXII. p. 117.
(m) Method. pour ètud. l'Hift. T. II. p. 395.

finde, daß sich eine Menge Jesuiten, z. B. Wil-
them, Gretser, Brower, Masen, Chifflet, Scha-
ten, Malbranche, Fisen, Balbin, Sirmond,
Alford, Labbe und Coffart, Harzheim, und noch
in unseren Tagen Hansiß, Frölich, Kaprinai,
Wagner mit Urkunden= und Diplomensammeln
abgegeben haben; allein da kann ich keine Ver-
schwörung wider das ehrwürdige Alterthum her-
ausergotiren.   Und dennoch muß eine da seyn.
Joh. Peter Ludewig sagts. (n)   Es schämte die
Jesuiten ihrer Jugend, ihrer leeren Archive.   Inde hujus inftituti furor , quo chartas omnes
in dubium vocare aufi funt, fimulque pretio
omni eas deftituere.   Und der Beweis?   Atque hoc forte confilio quoque defcribere fuf-
ceperunt Acta Sanctorum.   Also die Acta Sanctorum wider die alten Urkunden?   Höchst uner-
wartet!   Freylich vergaß sich der gelehrte Mann,
der den Kopf voll gehabt haben mußte, so mensch-
lich, daß er in eben der Schrift, wo er die Di-
plomensammlungen herzählt,   (o) von eben dem
C 4   bollan=

(n) Praef. ad Reliq. Mfs. p. 24.
(o) Pag. 110.

holländischen Unternehmen schreibt: In quo de-
mum opere aeternum duraturo dici & extol-
li satis non poteſt, quam immanis adſerue-
tur diplomatum & plenae fidei documentorum
adparatus. Freylich hat ihm der Bollandiſt J.
Bapt. Sollier in einem Briefe die Ungereimtheit
ſeines Vorgebens ſonnenklar bewieſen. (p) Frey=
lich ſchrieb der groſſe Benedictinerabt von Gött=
weich: Reſponſum eſt in cenſuris III. in diſ-
ſertationem Italiae med. aev. Mediol. 1729.
immoderatioribus cl. Ludewigii incuſationibus,
quas alienus a religioſis ordinibus animus viro
huic — ſuggeſſiſſe videtur. (q) J. P. Lude=
wig hats einmal geſagt, und mit den Zeugniſſen
des la Croze eines geweſenen Maurianermönches
bekräftiget, von deſſen Flucht und Uebertritte zu
den Proteſtanten Rich. Simon Nachricht giebt. (r)

Ich

(p) Amica de Jo. Pet. a Ludewig expoſtulatio ad
   V. Cl. Jo. Frid. Schannat. Acta Francon. eru-
   dita & cur. XIII. p. 37. Nürnb. 1728. 8.

(q) Chron. Gottwic. in Praef. T. I.

(r) Lettr. choiſ. T. IV. Lett. 33. oder Bibl. crit.
   T. IV. p. 293.

Ich habe immer natürlich gefunden, daß ein Theil der gelehrten Protestanten den Jesuiten gram war. Wenn man auch eine gewisse literarische Eifersucht abrechnet, so hatten sie doch unter der römischen Geistlichkeit keine ungelegeneren Necker. Aber sie geradeweg abschreiben, kann ein katholischer Schriftsteller nicht, ohne wider die Grundsätze der gesunden Kritik zu verstoßen. Die Untersuchung des Bollandistischen Complotes wird dieses zeigen. Wer die unwissende, abergläubische Mittelzeit kennet, wird eingestehen, daß nicht leicht einem Forscher so viel falsches, unterschobenes, ungereimtes Zeug aufstoßen könne, als den Niederländischen Jesuiten aufgestoßen seyn muß, die den ungeheuren Entschluß gefaßet hatten, Heiligenpandekten zu liefern. Täglich konnten sie sich zurufen: Incedis per ignes suppositos cineri doloso! Alexander der VII. hatte ihnen eingebunden behutsam zu Werke zu gehen. (s) Die Protestanten waren hinter ihnen her, denen sie, unerachtet ihres kritischen Fleißes, nicht

C 5   leicht

(s) Acta SS. T. II. Apr. in Praef. Propyl.

leicht genug thaten. Ist es ein Wunder, wenn sol=
che Leute behutsam, mistrauisch und heikel werden,
wenn sie sich entschließen, lieber durch Strenge, als
durch Gelindigkeit zu fehlen? Stiftbriefe und an=
dere Urkunden mußten ihnen in ihren Untersuchun=
gen vorkommen, und Diplomatik war in ihren er=
sten Zeiten noch ein unbearbeitetes Feld. Wie leicht
konnte ihnen also hier etwas Menschliches begeg=
nen. So dächten billige, unbefangene Menschen;
Aber nicht so J. P. Ludewig. Er hat in den
Herzen der Bollandisten gelesen, und Anschläge
wider die Benedictiner entdecket. Hat der Mann
wohl gewußt, daß Ant. de Winghe Benedictiner=
abt zu Ließy mit seinem Convente der größte Ein=
rather, Betreiber und Unterstützer des bollandi=
schen Unternehmens gewesen ist? Nun das konn=
te er in der Vorrede zum 1. B. der Acta SS. fin=
den, die an des de Winghe Nachfolger den Abt
Thomas Luytens einen eben so wohlthätigen Gön=
ner des Bollandus lautet. Tu me, schließt der
Jesuit, consilio rege, favore excita, precibus
una cum sanctissimo tuo caetu adjuva. Al=
lerdings würde ein schwarzes Herz erfodert, hier

Falsch=

Falschheit, Trug und böse Ränke zu wittern. Vielleicht kann man aber dem Bollandus Gnade widerfahren lassen, um desto sicherer auf seine undankbaren Gesellen Harduin, Henschenius und Papebrochius zu greifen. Wider den ersten muß ich feyerlich ausnehmen. Harduin war so wenig jemal ein Bollandist, als jeder meiner Zuhörer, und kann unmöglich dem Henschenius vorgesetzet werden, der schon zwey Jahre todt war, als Harduin etwas zu drucken anfieng. Also zurücke mit ihm, hervor mit Gottfr. Henschenius! Was hat dieser erste Mitarbeiter des Bollandus gesündiget? Im J. 1655. gab er eine Diatriba de tribus Dagobertis heraus, (t) welche, wie er erzählt, magno cum eruditorum virorum per universam Franciam applausu aufgenommen ward. (u) Der gelehrte Mabillon, wenn er von den Palästen der fränkischen Könige redet, verweiset auf sie. (w) Lenglet nennt sie Ouvrage curieux

&

(t) Antverp. 4.

(u) Acta SS. Martii T. III. p. XII.

(w) De Re dipl. L. IV. p. 331.

& favant. (x) Ludewig felbft, nachdem er ihre
böfe Abficht erkläret hat, ſetzt hinzu: Noli tamen ideo credere, auctorem ubique verſatum
eſſe temere. Nam plurima caſtigavit corre-
xitque cum ratione. Indeque haec ſcripta
ejus fieri debent maximi illis, qui in his tenebris defiderant lumen, merenturque ideo re-
cudi. (y) Ohne mich zu bemühen da einen Wi=
derſpruch heraus zu kriegen, bemerke ich nur, daß
ein Werk nicht ſo arg ſeyn kann, deſſen Wider=
ausgabe man wünſchet. Und worinn lag denn
nun das Arge? Daß Henſchenius für das Diplo-
ma Horreenſe war, welches einige verwarfen?
Nein, ſondern, daß er das Archiv der Abtey St.
Denis verdächtig machte, woraus denn Ludewig
den Umſturz des Alterthums folgerte. (z) Die
enge Verbindung dieſes Archives mit andern Al=
terthümern dürfte eben nicht jedem ſo ganz ein=
leuchten; allein ich will nur erzählen, wie Hen=
ſchenius zur Bekanntſchaft mit dieſem Archive kam.

Er

(x) Method. pour étud. l'Hiſt. T. IV. p. 51.
(y) Praef. ad Reliq. Mſſ. p. 26.
(z) Praef. cit. pag. cit.

Er konnte sich dazu nur der Histoire de l'Abbaye de s. Denis en France bedienen, die Dom. Jak. Doublet herausgegeben hatte. (a) Höret man den Abt Lenglet, so ist sie Livre écrit d'une maniere languissante & peu exacte, rempli de titres faux, que les Benedictins n'ont pas fait reimprimer dans la nouvelle Histoire de l'Abbaye de s. Denis. (b) Diese neuere Geschicht ist vom Dom. Mich. Felibien, (c) und Lenglet fährt von ihr fort: Cette histoire fensément ècrite contient bien des recherches: elle a fait évanöuir celle du P. Doublet. De la grande quantité de titres, que le P. Doublet avoit publiés, le P. Felibien n'en a fait parôitre qu'un très-petit nombre. Höret man ihren Ordensgenossenen Mabillon, der das erwähnte Archive tapfer vertritt, so sagt doch der Wahrheit liebende Mann: Non negaverim tamen quaedam esse apud Doubletum vel omnino falsa, vel interpolata, vel dubia, tum primae

stir-

_____

(a) Paris. II. Voll. 1625. 4.
(b) Method. pour ètud. l'Hift. T. III. p. 137.   -
(c) Paris. 1706. f.

ſtirpis (Regum Franc.) tum ſecundae. — Bo-
nus ac ſimplex erat Doubletus, qui quodlibet,
quod incidit in manus, ſine dolo malo in pub-
licos oculos produxit. Colleﬅio ejus conſtat
chartis minimum ſexcentis. (d) Wer hat nun
alſo gefehlet? Iſt Doublet nicht ſtrenge genug,
oder iſt Henſchenius zu ſtrenge geweſen? Ich ent=
ſcheide nichts; aber doch glaube ich, daß man
hier nur durch Ludewigs, La Crozes und ihrer
Abſchreiber Augen ein weitausſehendes Jeſuiten=
complot wider die alten Urkunden entdecken könne.

VII.

Dieſes Complot hätte ſich in kurzer Zeit mehr
verrathen müſſen. Allein erſt nach 20 Jahren
erſcheint der zweyte Bollandiſt Dan. Papebrochius.
Es waren ihm und ſeinem Mitarbeiter unter die=
ſer Zeit natürlich mehr Urkunden durch Augen und
Hände gegangen, ſo daß er ſich im Stande zu
ſeyn glaubte durch Abziehung einiger Regeln den
Grund zu einer Theorie der Diplomatik zu legen.

Er

(d) De Re diplom. L. III. c. 2. p. 223.

Er verſuchte es durch ein Propylaeum antiqua-
rium circa veri ac falſi diſcrimen in vetuſtis
membranis. (e)   Seine Abſichten gab er im
Eingange, wie folget, an: Partim ut ſopian-
tur querelae amicorum, arguentium nos de
importuna moroſitate circa antiquitates ſuas,
de quibus nollent dubitari; partim ut conſti-
tutis ſemel generalibus quibusdam diſcriminis
inveniendi principiis expeditius progrediamur
in noſtris ante ipſa Acta commentariis, aut
obſervationibus poſtea ſubjiciendis; partim
etiam ut, cum lector invenerit in hoc aut
ſubſequentibus menſibus quaedam aliter atque in praecedentibus tractari a nobis, mu-
tati judicii cauſas intelligens, tanto ſequi poſſit ſecurius, quanto promptius a nobis videt
retractari ac corrigi, ſi quid alibi minus ex-
plorate videmur recepiſſe. Dieſe Bereitwillig=
keit eigene Fehler zu erkennen, giebt gute Hoff=
nung von dem Manne. Seine Unpartheylichkeit
erhellet daraus, daß der erſte, den er beſtreitet,
                                                    ſein

_____

(e) Acta SS. April. T. II, p. I. 1675.

sein Ordensgenoß, der Jesuit Jakob Masenius
ist (f). Aber seine Strenge verderbet wieder
alles. Unter andern heißt es von Doublets Wer=
ke: Dagoberti Regis & fundatoris privilegia
septemdecim , filiorum ac successorum ejus
septem alia, tum octo Pippini regis, ac rur-
sum septemdecim Caroli magni subjiciuntur,
& sic deinceps, quae vel omnia vel pleraque
malae fidei sunt, ut ex jam dictis facile poterit dijudicare diligens antiquitatum Sandio-
nysianarum scrutator. (g) Hier läuft nun Lu=
dewigs Galle über. Er nennt Papebrochs Ar=
beit peſtilentiſſimum conatum, improbum &
maleferiatum Propylaeum, (h) und faſt ſollte
man glauben, alle Welt ſpräche Amen. Allein
Friede ſey dem Schatten des gelehrten Mannes!
Et nos ergo manum ferulae subduximus,
rufen ihm andere gelehrte Schatten entgegen.
Primus omnium , sagt Muratori, ad Artem
diplomaticam, hoc eſt, ad examen ac scien-
tiam

(f).Propyl. C. I. n. 11.

(g) Propyl. P. I. c. 10.. p. 30.

(h) Praef. ad Rel. Mſſ. p. 28.

tiam veterum tabularum viam ſtravit aetate
noſtra cl. V. Daniel Papebrochius e S. J. (i)
Le ſçavant Pere Papebroch eſt un de ceux,
ſagt Lenglet von der. Diplomatik, qui en a le
plus ſçavamment ecrit dans le Propylaeum. (k)
Papebrochius primus omnium ad examen ac
ſcientiam veterum tabularum viam ſtravit,
ſagt Baring, doctiſſimi ac ingenioſiſſimi Papebrochii dubia de chartis San-Dionyſianis &
aliis quibusdam egregium cedroque dignum
Mabillonii opus diplomaticum peperere. (l)
Und mit dieſem Zeugniſſe nicht zufrieden läßt er
den peſtilentiſſimum conatum, das improbum
& maleferiatum Propylaeum noch einmal ob
ejus praeſtantiam abdrucken. (m) Will man
auch Papebrochs erlauchten Gegner ſelbſt hören?.
Nullus ad hoc usque tempus peculiari trac-
tatione rem aggreſſus fuerat ante Danielem

Pape-

(i) Antiquit. Ital. med. aevi. T. III. Differt. 34.
(k) Meth. pour étud. l' Hiſt. T. II. p. 394.
(l) Biblioth. dipl. Sect. I. c. 1. p. 4.
(m) Clavis diplom. Hanov. 1754. p. 229. 4.

Papebrochium S. J. editis Sanctorum Actis clariſſimum Virum. — Et ſane ſi tántum archivorum, quantum actorum ſuorum uſum habuiſſet vir doctus, neſcio, an quivis alius hanc ſpartam felicius exornare potuiſſet. Sẹd unum ſibi defuiſſe, ultro ipſe confitetur. — Porro hancce opellam eo liberius ſuſcipio, quod mihi res ſit cum homine veri, ſinceri-que, ut ex illius ſcriptis intelleximus, per-quam amantiſſimo, quem non minus ad cor-rigendum, ſi quid erratum fuerit, quam ad ea docenda, quae ipſe certa ratione accepe-rit, comparatum eſſe, perſuaſum habeo. (n) Noch will ich den eblen Wunſch, den Dom Ruinart Mabillons Vertreter that, wiederholen: Viveret vir (Mabillonius), ita difficultates ab Hickeſio propoſitas fuiſſet explanaturus, ut nulla ab eo conſequentiarum diverſitate diſ-creparet, atque ita tandem Hickeſio, exem-plo Papebrochii, a quo ſtare ſe declarat, ad Mabillonium accedente, una eademque trium

prae-

(n) De Arte dipl. L. I. c. I.

praeſtantiſſimorum Virorum in rebus diploma-
ticis ſententia feliciter concordaret. (o)   Ich
finde durch alle dieſe Zeugniſſe Papebrochen ſo
wenig mishandelt, ſo wenig übler Abſichten be-
ſchuldiget, daß man vielmehr zur Ehre der Gelehrſamkeit wünſchen muß, Gegner möchten ſich
immer mit ſo vielem Anſtande behandelt haben.
Wie war denn nun ſein gegenſeitig Betragen beſchaffen?   Both er nicht ſeine ganze Geſellſchaft
auf, die, wie ich leider bey einem heutigen
Schriftſteller leſe, (p) in dieſem ganzen diplomatiſchen Zwiſte kein geringeres Augenmerk hatte, als die Gerechtſamen und Beſitze aller älte-
ren Orden, und beſonders der Benedictiner, auf-
zuheben oder wenigſtens zu verwirren? Sechs
Jahre nach dem Propylaeum trat Dom Mabillon mit dem weit über mein Lob erhabenen
Werke de Arte diplomatica (q) auf, in welchem Papebrochs Regeln verworfen wurden.   Der

D 2

Jeſuit

(o) In Praef. ad Art. dipl. edit. Paris. 1709. f.

(p) J. Chriſtoph. Gattereri Elementa Art. diplom.
  Goettingae 1765. p. 15. 4.

(q) Paris. 1681. f.

Jesuit erhielt es, las — und wiederrief. Er
konnte antworten, in re ancipiti & tot invo-
luta tenebris, wie Ludewig selbst gesteht. (r)
Er wiederrief und sein ganzer Orden schwieg
mäusestill, und ließ seinen Enfant Perdu stecken.
O der verschworenen Dummköpfe! Ich muß zu
ihrer Schande den Wiederruf öffentlich ablesen
samt dem Eingange, den Mabillon dazu gemacht
hat. Accessit publicus in editum opus favor,
qualem nec sperare poteram, imo quod
magis mirere, ingenua gratulatio illius ipsius,
quem hoc in opere prae caeteris refellere in-
stitueram. Nemo nescit hunc esse R. P. Danielem Papebrochium, eruditissimum Soc. Jes.
Presbyterum, cujus regulas, quas ad vera
Diplomata a falsis secernenda in Propylaeo
ad secundum tomum Aprilis proposuerat, in
libris de re diplomatica excutiendas & refel-
lendas susceperam, nulla ejus impugnandi
prurigine, sed in primis vindicandi archivi
Dionysiani causa, cujus *aestimationem*, ut
ejus

(r) Praef. ad Rel. Mss. p. 29.

ejus verbis utar, *laefiffe videbatur*, *fecutus
Launoii judicium.* Enimvero lectis hac de
re commentariis noftris, vir candidus ac fin-
ceri amans, fcriptis ad me literis fignificavit,
fe regulis a me praeftitutis manus dare, iis
revocatis, quas ipfe excogitaverat, fecitque
mihi poteftatem utendi pro libito iis literis,
quas ad me hac de re fcribebat. Nun folget
alfo Papebrochs Brief gefdrieben von Antwerpen
ben 20. Jul. 1683. Tandem Parifios perve-
nit farcina, cui ante menfes aliquot commi-
feram vitam fancti Gerardi Bronienfis petitam
a Reverentia veftra: quam licet audiam nunc
peregrinari, poftquam tamen utcunque evol-
vi opus veftrum de re diplomatica, non pof-
fum tamen celare fructum, quem inde retu-
li. Fructus autem hic eft, quod mihi in
mea de eodem argumento octo foliorum lu-
cubratiuncula nihil jam amplius placeat, nifi
hoc unum, quod tam praeclaro operi & omnibus numeris abfoluto occafionem dederit.
Idque his ipfis fere verbis profitebor in prae-
fatione ad conatum meum chronico - hiftori-

D 3 cum

cum de Romanis Pontificibus, qui cras ad praelum dabitur. Quod facere nolui, priusquam ex veſtro libro notaſſem, quid corrigere circa ipſorum bullas deberem, ad reſtituendam San-Dionyſiano archivio aeſtimationem ſuam, quam laeſiſſe videor, ſecutus Launoii judicium. Und nachdem er ſich über einige Kleinigkeiten erkläret hat, ſchließt er: Verum quid haec ad tam multa, in quibus me recte accuſat & corrigit Reverentia veſtra? cui hoc nomine magis, quam unquam antea, obligor: tantum abeſt, ut quidquam aegre feram. Initio quidem lectionis, fateor, patiebar humanum aliquid, ſed mox ita me rapuit ex utiliſſimo, ſolidiſſimeque tractato argumento proveniens oblectatio, & gratus emicantis ubique veritatis fulgor, cum admiratione tot rerum hactenus mihi ignotarum, ut continere me non potuerim, quin reperti boni participem ſtatim facerem ſocium meum Patrem Baertium. Tu porro, quoties res tulerit, audacter teſtare, quam totus in tuam ſententiam iverim, meque, ut facis, perge

dili-

diligere, qui, quod doctus non fum, doceri
faltem cupio. (s) Ich weis nicht, ob sich in
der ganzen gelehrten Geschichte viele solche Bey=
spiele finden, und ob man zankfüchtige Rechtha=
ber in eine tüchtigere Schule schicken könne; Mir
wenigstens scheint der ganze Brief das unver=
fälschteste Gepräg eines rechtschaffenen aufrichti=
gen Herzens zu tragen. Auch Mabillon muß
keine Tücke, keine Spur eines Verschwörungpla=
nes darinn entdecket haben. Nicht wahr, ich
lese auch seine Antwort an Papebroch vor? Die
Bescheidenheit zweener tugendhaften Gelehrten
soll in ihrem ganzen ehrwürdigen Schimmer da=
stehn. Nobis ex itinere germanico reversis
reddita est epistola Tua, in qua, quid de
opere nostro diplomatico sentias, sincere ex-
ponis. Ego vero satis mirari non possum,
tantam in insigni eruditione modestiam, cujus exemplum vix ullum illustrius reperire
licet. Quotus enim quisque Eruditorum est,
qui in litterario conflictu victum se agnoscat,
& agnita veritate priorem sententiam incunc-

D 4   tanter

(s) Praef. ad Suppl. Art dipl. in edit. 1709.

tanter deponat, atque id palam omnibus tef-
tatum velit? Tu vero facis ultro, & tam
amice, ut, fi aliunde Te non noffem, ftatim
intimo amore complecterer. Sic non tibi
fufficit doctrinae & eruditionis primas tene-
re, nifi etiam primas affequare modeftiae.
Utramque tibi palmam deferimus, adm. Rev.
Pater. Neque haec mei folius fententia eft,
fed etiam eorum omnium, quibus literas tuo
juffu oftendi. Alii nimirum tuam eximiam
humanitatem, alii modeftiam & humilitatem,
omnes infignem Tuam eruditionem depraedi-
cabant. Sed vereor, ne, dum haec fufius
profequor, mihi de Tua confeffione ingenuo-
fiffima abblandiri videar. Abfit haec a men-
te mea cogitatio, ut de Tua modeftia ego
ipfe fuperbiam. Imo vero id ita animo re-
puto, fi quid in opere noftro dignum Tua,
publicave aeftimatione inveniatur, non tam
ex ingenii noftri conatu, quam ex monu-
mentorum copia & facultate aeftimandum
effe. Verum quidquid illud eft: malim effe
modeftiffimae epiftolae autor (herrlich!) quam
cujus-

cujusvis operis vanus oftentator. Tu vero
vir piiffime, Deum precare, ut, qui Tui in
Actis Sanctorum (Ord. S. Bened.) illuftran-
dis imitatores fumus, etiam in confectanda
chriftiana humilitate focii effe mereamur.
So antwortete der groſſe Mann von Paris den
12. Nov. 1683. (t) und nun gehen ſpätere
Schriftſteller her, wollen das klare Waſſer trü=
ben, leiten Papebrochs Betragen aus verſchmitz=
ten Jeſuitenkünſten ab, laſſen ihn durch die
Verdammung der ſpaniſchen Inquiſition geſchrek=
ket 1683. wiederrufen, da doch die lächerliche
Anklage bey derſelben und die Verdammung der
Acta SS. von dieſem hochbelobten Gerichte erſt
1695. geſchehen iſt. (u) Ad populum phale-
ras! Ego te intus & in cute novi.

VIII.

Dom Mabillons Werk wurde nun von al=
len Seiten mit den verdienten Lobſprüchen ge=

feyert

(t) Acta SS. Junii T. VI. pag. 6.
(u) La Croze vindic. vett. fcript. p. 6. Ludewig
    Praef. ad Reliq. Mſſ. p. 29. Papebr. refponſ.
    ad exhib. error. T. III. p. 151.

feyert. Seine geschickten Nacharbeiter haben
vor ihrem Nouveau Traité de Diplomatique
viele schöne Beweise davon gesammelt; (w) al=
lein ich will nur einige Jesuitenzeugnisse anfüh=
ren, damit es erhelle, mit wie vielem Grunde
ein sonst um die Wissenschaften hochverdienter
Mann schreiben konnte : Papebrochii facinus
egregium tantum abfuit, ut reliqui Jesuitae
imitarentur, vel approbarent certe, ut hi
potius bellum diplomaticum, cui componen-
do Mabillonii conatus sufficere poterant, re-
novarent. (x) Papebroch erhub Mabillons Ver=
dienste, so lang er lebte, (y) und nach seinem
Tode bezeugte noch der Bollandist du Sollier, er
habe ihn öfter sagen hören : qu'il avoit obli-
gation au P. Mabillon, qu'il apelloit son
ami, d'un avantage, qu'il avoit éfperé de
fes

(w) T. I. Sect. I. c. 1.

(x) J. Christoph. Gattereri Element. Art. diplom.
Vol. I. pag. 15.

(y) Acta SS. T. I. Maji in Propyl. & Ind. rer.
memorab. & Paralip. pag. 60. T. I. Junii,
pag. 686.

ſes propres ſoins, qui étoit d'avoir enfin des regles, pour diſcerner les chartes veritables d'avec les fauſſes. (z) Max. Raßler ſchrieb aus Gelegenheit des lindauiſchen Stiftdiploms: De multis perperam a Conringio aſſertis vadem dabo virum in hac diplomaticae rei ſcientia Principem Johannem Mabillonium, de quo toties nunquam non honorifica redibit mentio. (a) Ludw. Robert ſagte in Betreff der Münzinſchriften: Il n'y a qu' à conſulter le plus inſtruit de nos ſçavans Dom. Jean Mabillon dans ſon ouvrage intitulé: de re diplomatica. Ou il ne manque rien pour être un Chef-d'oeuvre, comme il manquoit rien à l'Auteur pour ſoutenir la haute reputation, qu'il s'eſt acquiſe chez les Etrangers auſſi-bien que parmi nous. (b) Endlich erklärten ſich die Jeſuiten, die das Journal von Trevoux ausfertigten, wie folget: Le P. Papebroch

---

(z) Journ. de Trevoux. Novemb. 1725. p. 291.

(a) Vindicatio Vindic. dipl. Lindav. Campid. 1711. pag. 6.

(b) Science des Medaill. T. I. Paris. 1739. p. 321. 8.

broch Jésuite, & quelques autres Ecrivains habiles avoient déja travaillé sur la même matiére; mais personne ne l'avoit fait si au long, ni avec le même succès que le P. Mabillon. Les six livres de son ouvrage contiennent une infinité de recherches curieuses & savantes & de plus un Recueil fort ample de diplomes anciens les plus surs & les plus autentiques. (c) Diese Zeugnisse erwogen, ist es etwas hart dem ganzen Jesuitenorden diplomenstürmerische Absichten beyzulegen. Ich wollte vielmehr daraus folgern, daß sich Jesuiten einander über Mabillons Werk widersprochen haben, wie es auch die Verfasser des Nouveau Traité de diplomatique zu zeigen bemühet gewesen sind. (d) Diesen Fall nun haben sie mit andern Gelehrten gemein; denn auch von andern ist Mabillons Werk unerachtet seiner Vortrefflichkeit, und vielleicht wohl heftiger, angestochen worden. Ich muß dieses mit einigen Angaben bewähren. Noch ehe Mabillon

auf=

(c) Mem. de Trev. Janv. 1704. p. 108.
(d) Prem. Part. Sect. I. c. 1.

auftrat, gab der Abt Petit das Poenitentia-
le des Erzb. Theodors von Canterbury mit An-
merkungen heraus. (e) In diesem wurden Urkunden des Archives von St. Denis, wie sie Dom
Doublet vorgeleget hatte, angegriffen. Le P. Mabillon, schreibt Baudelot de Dairval, n'a pû
cacher son dessein & il parôit evidemment,
qu'il a voulu defendre & soutenir les titres
de son Ordre, que le P. Papebroch avoit un
peu noircis par ses soupçons, & il est in-
dubitable, que l'endroit de son livre, où il
s'efforce de combattre ce, qu'a donnè Mr.
Petit, est le centre de son ouvrage, d'autant
plus que dans les dissertations jointes au
Penitentiel il y a des preuves assez fortes
de ce que le sçavant Jesuité Flamant ne fai-
soit que conjecturer. (f) Nachdem er darauf erzählet hat, was Mabillon Petits Einwür-
fen entgegensetzte, schließt er: En verité elles
sont si peu détruites, que je ne puis com-

prendre

(e) Paris. T. II. 1677 - 79. 4.
(f) De l'utilité des Voiages P. II. Paris. 1727.
     pag. 89.

prendre, qu'un homme de mérite, comme
D. Mabillon, ait voulu expofer fa réputation
& celle de fon ordre par une fi miférable
defenfe. Schon vorher hatte er in Rückficht
auf die Schriftarten verfchiedener Völker von
Mabillons Diplomatik gefagt: Bien des gens
avec moi & quelques-uns mêmes de fes amis
ont trouvé, que cet ouvrage ne donne qu'une
connoiffance fort legére & fort bornée fur
cette matiére pour l'intelligence des titres &
des autres manufcrits. (g) Der Abt Lenglet
hat alle diefe Stellen aufgenommen, (h) und
fetzt hinzu: Rien ne pouvoit contribuer d'avantage à approfondir les endroits les plus fe-
crets & les plus obfcurs des premiers tems
de notre hiftoire & de celle des autres na-
tions, fi l'on avoit pû être certain des regles, que ce fçavant religieux a propofées pour
difcerner les diplomes faux d'avec les veritables. Alle diefe Behauptungen erfcheinen nun
wie=

(g) Pag. 86.

(h) Meth. pour étud. l'Hift. T. IL p. 391.

wieder in der Encyclopèdie. (i) Der vortreffliche englische Theologe Hickes, nachdem er einige
von Mabillon gegebene Regeln kritisch untersuchet
hatte, schließt ziemlich seltsam: Haec ego contra Mabillonium. qui plus fatis verfutus, quibus technis & fubterfugiis commentitiae fuae
chartae propugnandae fint, monaftici ordinis
homines docuit. Haec inquam contra Mabillonium, nihilo fere minus Mabillonii cul-
tor & prorfus ab omni in monachos malevo-
lentia immunis. (k) Bauval schreibt: Tous
les fçavans ne conviennent point des regles
du P. Mabillon pour faire un jufte difcerne-
ment des chartres. — Le moyen general,
dont on fe fert pour decrediter les Diplomes
du P. Mabillon, c'eft qu'il n'a eu d'autre but
que de confirmer les patentes & les Actes
utiles à fon ordre, & qu'il entre dans tout
ce qu'il a dit, un peu de partialité. Mais
il a écrit plus en favant qu' en efclave des
in-

(i) V. Diplome & Diplomatique.
(k) Thefes. Lingg. Septentr. T. I. Oxon. 1705.
  Praef. p. 41. f.

interêts de fa Congregation. (1) Der gelehr=
te March. Maffei war nach dem Geftändniffe der
Verfaffer des Nouv. Traité de dipl. felbft mehr
geneigt Mabillons Werk zu kritifiren, als zu lo=
ben. (m) Ipfi non pauca adhuc ad confum-
matioris operis gloriam deeffe & periti, pridem eft, quod judicaverint, & praefens il-
luftris Scipionis Maffei liber corrigendo partim, partim fupplendo labori Mabilloniano
confcriptus abunde commonftrat, fagen die
Acta Eruditorum, (n) und fetzen hinzu, daß
Maffei in einem zukünftigen Werke, welches aber
nicht erfchienen ift, fontes errorum in inter-
pretandis inftrumentis a Mabillonio quoque
haud raro commifforum zeigen werde. Geor=
gifch läßt fich fo vernehmen: alii jactitant artem quandam diplomaticam — cui e contra-
rio alii parum vel nihil tribuunt, perfuafum-
que fibi habent, quod nec cl. Mabillonius
nec

---

(1) Ouvrag. des Sav. 1709. Mai.
(m) T. I. Prem. Part. Sect. I. c. I. p. II.
(n) Menf. Decemb. 1727. p. 529, Iftoria diplomat.
    Mantuae. 1727, 4.

nec Reverendiff. Beffelius talem nobis artem criticam tradiderint, quae ad deprehendendas omnes impoftorum fraudes fufficere poffit. Quin potius confidenter afferant, ejusdem artis regulas tantum non omnes tam infirmo ftare talo, ut vel fubrui, vel labefactari facillimo negótio poffint. (o) Vielleicht hatte er wohl auch J. Guil. Hoffmanns Programm de Lubrico artis diplomaticae (p) mit vor Augen, welches nachher von Leonh. Grebner einem Jesuiten widerlegt ward. (q) Ich rechtfertige die Einwürfe dieser Männer keineswegs. Ich weiß, daß ihnen theils von Mabillon selbst, theils von seinen Ordensgenossen geantwortet worden ist. Ich habe sie nur angeführet wider die neuen Fälscher der gelehrten Geschicht, um den Wahn wegzuklären, daß die Jesuiten allein Tadler und Widersager Mabillons gewesen sind. Sie waren es den=

(o) Praef. ad Regefta chronol. diplom. 1740. f.

(p) Witteb. 1737. 4.

(q) Diff. de fincera & fecura artis praecipue diplomaticae crifi. Bamb. 1742. 4.

dennoch mit? Sey es. Aber wie viele? Faſt
möchte ich ſagen: Parturiunt montes, wenn ich
den P. Germon ridiculus mus nennen könnte.
Alſo Germon allein? Beynahe. Ich eile zum En=
de meiner Erzählung.

IX.

Anno 1703. gab der Jeſuit Barthol. Germon
heraus de veteribus Regum Francorum diplomatibus, & arte ſecernendi antiqua diplomata vera a falſis ad Joannem Mabillonium Diſceptatio, (r) in welcher er die alten Kloſter=
urkunden angriff, auf welche Mabillon ſein Lehr=
gebäude gegründet hatte. A. 1704. antwortete
dieſer mit einem Supplementum librorum de
re diplomatica, (s) ohne doch ſeinen Gegner
zu nennen. A. 1705. mengte ſich Juſt. Fontanini darein mit Vindiciae antiquorum diplomatum adverſus Barth. Germonii Diſceptationem
(t) A. 1706. erſchien Germons Diſceptatio ſe-
cunda

(r) Paris. 12.
(s) Paris. f. und wieder in edit. rei dipl. 1709. f.
(t) Florent. 4.

cunda (u) wider Mabillons Supplementum ge=
richtet, und in eben dem Jahre schrieben wider
Germon der Bened. Thierry Ruinart eine Eccle-
sia Parisiensis vindicata, (w) und der Abt Laz=
zarini eine Epistola ad amicum Parisienf. pro
vindiciis antiquor. diplomatum Justi Fontanini (x), die Germon selbst in seinem folgenden
Werke wieder abdrucken ließ. A. 1707. kam her=
aus M. Ant. Gatti Epistola ad Jac. Bernardum
pro vindiciis antiquorum diplomatum J. Fontanini, (y) der Jesuit italo perfusus aceto ließ
seine Disceptatio tertia wider Ruinart, Fontani=
ni, Lazzarini und Gatti drucken, (z) und der
Benedictiner Petr. Couftant setzte ihm Vindicias
Mss. codd. impugnatorum (a) entgegen. Es
flogen noch einige heftigen Brochüren vom Lazza=
rini, und einem Scipio Maranta u. a. Italienern

E 2

das=

(u) Paris. 12.

(w) Paris. 12.

(x) Romae 4.

(y) Amftelod. 4.

(z) Paris. 12.

(a) Paris. 8.

dazwischen, bis Germon dem P. Conſtant mit einem Tractate de veteribus hacreticis ecclesia-
ſticorum codicum corruptoribus antwortete. (b)
Conſtant gab darauf vindicias veterum codicum confirmatas, (c) und Germon ſtarb 1718.
Alle auswärtigen Jeſuiten, denen es doch an
Köpfen nicht ganz mag gefehlet haben, ſahen
den Handel ſchweigend zu; die einzigen Franzoſen
ſeiner Provinz, die das Journal von Trevour
ſchrieben, redeten ihm einigemale das Wort,
comme il étoit fort naturel de s'y attendre,
wie die Verfaſſer des Nouveau Traité de dipl.
ſagen; (d) die aber meines Erachtens eben ſo
unſicher dieſes Journal die Stimme des ganzen
Ordens nennen, (e) als man z. B. ein theolo-
giſches die Stimme aller Theologen nennen würde. Allein war denn ſonſt Germon von allen
anderen Gelehrten verlaſſen? So ſcheint es, wenn
man Freret höret: Je ſai, que l'autenticité de

nos

(b) Paris. 1713. 8.
(c) Paris. 1715. 8.
(d) T. 1. Prem. Part. Sect. 1. C. 1. p. 31.
(e) Ibidem, pag. 30.

nos chartes & de nos chroniques n' a pas
paru fort refpectable à un favant homme de
ce fiecle. Mais la maniere fpecieufe, dont
il a propofé fon opinion, n' a feduit perfonne. (f). Es fcheint aber nicht, wenn man die
Verfaſſer des Nouv. Traité de dipl. fragen hö=
ret: Où font les Savans un peu inftruits des
matiéres diplomatiques, qui n' aient pris parti
du moins à quelques égards ou pour Dom
Mabillon ou pour le P. Germon? (g) Wahr
ifts, daß Ludewig feine Behauptungen virulen-
tum dogma nennt, (h) allein Muratori fagt nur:
Excitis dein controverfiis ac diverfis animo-
rum ftudiis in eadem arena certarunt doctiffi-
mi Viri G. Hickefius in Anglia, Barth. Germonius e S. J. ac Theodoric. Ruinartius Bene-
dictinus in Gallia & Juft. Fontaninus in Ita-
lia. (i) Lenglet nennt Germons Arbeiten les

E 3

Dif-

(f) Mem. de l' Acad. des Infer. T. VIII. edit. Hol-
land. p. 263.

(g) Praef. p. 18.

(h) Praef. ad Reliq. Mfs. p. 31.

(i) T. III. Antiq. Ital. med. aev. Differt. 34.

Differtations fi fçavantes & fi judicieufes, qui
ont procuré une addition fort confiderable à
la Diplomatique, (k) und insbefondere die erfte
Difceptation Ouvrage curieux, bien écrit &
bien raifonné, und fetzt von allen hinzu: Toutes les Differtations du P. Germon font deve-
nües affez rares, & toutes très-éftimées. (l)
Der gelehrte Menke urtheilet in der Ueberf. des
Lengletifchen Werkes vom Germon: Er hat die
Diplomata der Könige in Frankreich von den
beyden erften Linien fehr wohl unterfuchet. (m)
Baring lobt Mabillon und fährt fort: Nec acu-
ti Germonii Difquifitiones fine fructu fuerunt.
(n) Im Journal des Sçav. liefzt man von Germons Behandlungsart: Elle eft excellente, &
peut fervir de modelle à tous ceux, qui fe
mêlent d'écrire.   Les matieres y font difpo-
fées dans un ordre, qui fait plaifir, le ftil
en eft net, pur, clair, châtié et fans aucun

em-

(k) Meth. pour étud. l'Hift. Tom. II. p. 394.
(l) T. IV. p. 276.
(m) Leipzig 1718. p. 293. 8.
(n) Clav. diplom. Sect. I. c. 1. p. 4.

embarras; le P. Mabillon y eſt traité avec
tous les égards qui font deus à une perſon-
ne de ſon merite, & l'ordre entier des Be-
nediⅽtins avec tout le reſpeⅽt imaginable; les
manieres douces, polies & engageantes du
Pere Germon ne ſçauroient manquer d'aug-
menter l'éſtime, qu'ont pour luy ceux, qui
le connoiſſent, & de luy attirer celle de tous
les honnêtes gens, dont il pourroit n'être
pas encore connu. (o) Bauval erzählt: Le
P. Germon engagé par un deſſein particulier
dans la neceſſité d'étudier les titres & les
chartres des Rois de France ne manqua pas
d'aller chercher dans le livre du P. Mabillon
les regles & les preuves pour verifier la certitude de ces anciens monumens. Bien loin
d'étre convaincu elles lui firent naitre dans
l'eſprit mille doutes & mille ſcrupules. Il
les propoſe au P. Mabillon lui-même, non
Cenſeur & en Critique mais avec tous les
égards, qui font dus à un ſi ſavant Reli-

Ⅽ 4 ' gieux.

(o) T. XXXII. An. 1704. Amſtel. 1705. p. 10. Wieder
Novemb. 1706.

gieux. — Le P. Mabillon a declaré, qu'il
avoit pris garde à n'étre ni trop credule, ni
trop foupçonneux. C'eſt un juſte milieu,
que le P. Germon a pris auſſi, & de peur,
que les Monaſteres ne ſoient allarmez & ef-
farouchez par une conteſtation de cette na-
ture, il proteſte, qu'il n'a nulle intention d'at-
taquer leurs titres de fondation. — En un
mot, c'eſt ici une diſſertation de litterature,
& non point un procès. (p) Man ſagt, alle
dieſe wären Germons Anhänger geweſen. Was
waren denn Lazzarini, Gatti, Maranta, Lom=
bardi, Monterchio in Rückſicht auf Fontanini?
Und warum hat denn Fontanini die Feder ange=
ſetzet? Ad inſtanza del Sign. Ab. Paſſionei. (q)
Ein bekannter Jeſuitenfeind alſo, dem der Orden
in der Folge noch mehr zu verdanken gehabt hat,
hat dieſe Hetze veranſtaltet. In der That findet
ein unpartheiſcher Leſer die Italiener, die ſich in
die=

***

(p) Hiſt. des Ouvr. des Sçav. Janu. 1706. Rotterd.
pag. 16. S. auch Nouvell. de la rep. des Lett.
Novembr. 1706.

(q) Giorn. dei Lett. T. III. Venez. 1710. p. 297.

dieſen Streit gemenget haben, viel ungeſchliffe=
ner, als die franzöſiſchen Combattanten. Ueber
Fontaninis hitzigen Stolz beſchweren ſich zween
ſeiner Landsleute, der würdige Muratori und Apoſt.
Zeno ſelber. (r)　　M. Fontanini, ſchreibt Bau=
val, regarde fort dedaigneuſement les objec-
tions du P. Germon, & à peine le croit il
dignes de quelque attention. . Auſſi ne les
rapporte - il pas toûjours exaĉtement, & il
triomphe quelque fois de ce, que ſon Adver-
ſaire n'a pas dit. — Il accompagne tout ce,
qu'il dit pour repouſſer les objeĉtions du P.
Germon d' epithetes un peu offenſantes, &
d' une matiére d' erudition il en fait une matiére de declamation & d' injures. (s)　So
war man auch in Frankreich mit ſeiner Arbeit
nicht ganz zufrieden. Il eſt fâcheux, heißt es
im Journal des Sçav. pour les defenſeurs
des anciens titres de voir une matiére, qui
demand-

(r) Eſpoſiz. dei Diritti Imp. ſopra Comacchio. 1712.
　　pag. 294. f. Und Praef. alla Bibliot. dell' elo-
　　quenz. Ital. Venez. 1753. T. I. 4.

(s) Ouvrag. des Sçav. Octobr. 1706.

démande tant de justesse, traitée en leur faveur par un Ecrivain, à qui on pourroit reprocher un affez grand nombre de fautes contre l'exactitude. (t) Lazzarini hat es, besonders wider die Journalisten von Trevoux, nicht feiner gemacht. Adversus illos, muß Ludewig selbst bekennen, epistolam scribit, impetitque omnia satis acerbe, quae Trevoltiani singulari modestia scripserant. (u) Mit mehr Bescheidenheit kleiden sich die Giornalisten von Venedig. Sie sagen, Germons System sey gefährlich. Che se queste sue premesse gli si menavano buone, non ne sarrebbono derivate che pessime consequenze, e troppo ne restava oltraggiata la riputazione del sanctissimo ordine monastico. Dall' altra parte si vede, che per quanto nel fondo della contesa tutta la ragione pieghi dal canto del Sig. Abbate Fontanini, e de' suoi Difensori, v'ha però argomento di credere, che il P. Germonio non abbia avuto nelle sue Opere

---

(t) An. 1706. pag. 1022.
(u) Praef. ad Reliq. Mss. p. 32.

re publicate altro fine, che quello di pro-
porre i ſuoi dubbj ſopra i Diplomi Merovin-
gici publicati dal Mabillone. (v)   So ſtehen
die Sachen von beyden Seiten.   Vielleicht iſt auch
hier anwendbar:

Iliacos intra muros peccatur & extra.
Vielleicht urtheilte du Moulmet des Thuilleries
richtig, wenn er ſagte : Que le P. Germon
doute ſouvent trop, & que le P. Mabillon
ne doute ſouvent pas aſſez. (w)   Vielleicht
hat Germon wenigere Anhänger: weil ſeine kör-
nigten, manchen Folianten überwiegenden Duodezbändchen, Gott weis warum, ſehr ſelten zu
finden ſind, und oft beſtritten werden, ohne geleſen worden zu ſeyn? —   Ich habe ohne
Theilnehmung die Geſinnungen gleichzeitiger
Schriftſteller angeführet.   Nur muß ich noch
erinnern, daß ſowohl Mabillon, als Germon,
für ſich einen Erzähler ihres Zwiſtes gefunden
hat: Mabillon, comme il étoit fort naturel
de s'y attendre, ſeinen Ordensgenoſſen Caſp.
Beret=

(v) Tom. III. pag. 341.
(w) Le Long Bibl. hiſt. de la France. p. 636.

Beretti, (x) Germon einen Abt Raguet. (y)
Und nun könnte ich meinen Zuhörern für die
gehabte Geduld danken, wenn sie nicht etwa
glaubten, daß ich ihnen einen Mitschuldigen ver-
schwiegen habe. Also noch ein paar Worte von
diesem Manne.

X.

Es ist der Jesuit Joh. Harduin Vir de re
literaria meritissimus, wie ihn der große Leibnitz, (z) eruditae Galliae lumen hodie ac decus praecipuum, wie ihn Menke nennet, (a)
aber ein seltsamer Mann, der sich in die wun-
derliche Grille hineinstudiret hatte, daß viele
der alten Classiker eine Geburt späterer Jahrhunderte wären. Er äußerte diese Grille ganz
obenhin, in der Person eines dritten in seiner
Pro-

(x) Belli diplomatici historia. Mediol. 1729. 4.

(y) Histoire des Contestations fur la Diplomatique.
Paris. 1708. 12.

(z) Differt. de Num. Gratiani. Opp. T. IV. P. 2.
p. 254. 4.

(a) De Charlat. Erudit. Lipf. 1715. p. 33. 8.

Prolufio de Numis Herodiadum im J. 1693.
und nachher etwas deutlicher in seiner Chrono-
logia vet. teſt. ad vulgat. verſionem exacta im
J. 1699. (b) ſoll auch öffentlich davon geſprochen
haben, wie es u. a. Dan. Maichel erzählet. (c)
Von dem Schickſale der Prolufio ſchreibt Leibnitz im
Octobr. 1695. R. P. Harduin de Numis Herodiadum libellum non ita pridem ediderat, qui fuit
ſapientiſſimorum in ipſa Societate Jeſu virorum judicio ſuppreſſus, quod mirae auda-
ciae paradoxa continet, quibus plerique
Scriptores veteres in dubium revocabantur. (d)
Dieſe Unterdrückung konnte doch nicht verhindern,
daß die Jeſuitenfeinde nicht Bella, horrida bella
in die Welt ausbliesen, ein fürchterliches Complot
wider das Alterthum ankündeten, behaupteten,
die ganze Geſellſchaft müſſe für jede Privatmey-
nung eines Mitgliedes ſtehn, wenn ein Oberer
den Druck erlaubet hätte. Es half keine Vor-
ſtel-

(b) Paris. 1693. 4. Ibid. 1699. 4.

(c) Introd. ad hiſt. lit. de praecip. Bibl. Paris, c. 2.
pag. 56.

(d) Opp. omn. T. V. p. 114.

stellung, daß die claſſiſchen Schriftſteller keinem
Orden ſo viel zu danken hätten, als den Jeſui=
ten, daß ſie in ihren Schulen allenthalben vor=
geleſen würden, daß eine Menge Ausgaben mit
Jeſuitiſchen Commentarien und Noten vorhanden
wären. Beſonders bemühten ſie ſich durch ge=
dehnte Conſequenzmachereyen eine Verbindung zwi=
ſchen Germon und Harduin heraus zu kriegen.
Unter andern nennt dieſen Fontanini Germons
Vorläufer und Mitarbeiter, (e) worüber im Journal des Sçav. gut geſagt wird: C'eſt au P. Germon à éclaircir, ſi quelq'un lui prête la main;
s'il ſe croit aſſez fort pour tenir ſeul contre
le P. Mabillon & contre M. Fontanini, & s'il
a les mêmes idées, qu'ou attribue au ſçavant, qu'on lui aſſocie. A en juger par les
Diſſertations, qui ont paru, ce Pere n'a nulle
diſpoſition à croire, que les Moines de l'on-
zieme ſiecle ayent été capables de faire de
ſi belles choſes, que celles, que M. Fontanini entend par l'Antiquité Greque & Romaine.

(e) Vindic. ant. Dipl. L. II. c. 12.

ne. (f) Am beſten aber iſt, wir hören Ger=
mon ſelbſt über Harduins Einfälle reden: Quid
ridiculum magis, ſagt er, quam vana ac te-
meraria ubique ſuſpicione laborare, & me-
tuere, ne quoties veterem librum aperis, toties in ſuppoſititias falſariorum lacinias incur-
ras. Hujusmodi ſuſpicionibus indulgere nec
ſapientis eſt, nec conſtantis viri. Igitur quem-
admodum humanae ſocietatis peſtis eſt prave
ſuſpicioſus homo: ſic etiam doctrinarum omnium atque ipſius Religionis fundamenta con-
vellit, qui libris omnibus falſi ſuſpicionem
temere aſpergit. Relictos a Majoribus noſtris
libros tamdiu pro genuinis, pro integris, pro
certis ipſorum foetibus haberi decet, quam-
diu non conſtat ſpurios eſſe, adulteratos aut
incertos. (g) Allein auch ſchon vorher konnten
unpartheyiſche Gelehrten den gefährlichen weitaus=
ſehenden Plan in Harduins Paradoren nicht ent=
decken. Une ſi haute entrepriſe, ſchreibt Bau=
val,

(f) Ann. 1706. p. 1016.
(g) De Vet. Haeret. Eccl. Codd. corrupt. P. IV.
c. 1. p. 566.

tal, furprit tout le monde, & n'allarma perfonne pour les coufequences. Il. femble auffi,
que le Pere Harduin ou defefperant d'en ve-
nir à bout, ou degouté par le mauvais
accueil du Public l'avoit abandonnée, &
perfonne n'y penfoit plus, excepté, peut-étre,
ceux, qui avoient quelque regret de n'avoir
pas vu, comment il auroit executé un def-
fein, ou il y avoit une certaine noble au-
dace digne des efprits curieux. (h) Und fo
wäre es auch vermuthlich, gleich hundert an=
deren Paradoxen, die hier und dort in Büchern
ſtecken, geblieben, wenn nicht La Croze ein ent=
wichener Benedictiner, von Berlin aus, als Sach=
walter der beleidigten Akten aufgetreten wäre.
Nicht zufrieden in ſeinen Reflexions hiſtori-
ques (i) auf Harduin losgeſtürmet zu haben,
ſchickte er noch Vindicias veterum ſcriptorum
(k) nach, derer ſich in der Folge auch J. P. Lu=
dewig

(h) Ouvrag. des Sçav. Fevr. 1708. p. 63.

(i) Rotterd. 1707. 12.

(k) Rotterd. 1708. 8.

bewig wohl bedienet hat. (1) Er betheuert nie=
mal von den Jesuiten beleidiget worden zu seyn,
und suchet sie als Erzbetrüger darzustellen. Mal=
heur à quiconque se recontre en son chemin;
il frappe rudement. (m) Harduin sey in den
geheimen Rath der Societät aufgenommen wor=
den; dort hätte man beschlossen die alten Tra=
ditionen der Kirche abzuschaffen und neuere z. B.
die Decretalen, Legenden, Breviere und einige
Chroniken einzuführen; es wurden schon hier
und dort in Kaminen neu fabricirte Manuscri=
pte geräuchert, um sie zu seiner Zeit in Ita=
lien und Spanien durch fremde Hände zu ver=
breiten: allein man muß La Crozes Schriften
selbst sehen, um zu finden, daß der sonst gelehrte
Mann in diesem Stücke kaum weniger Visionaire
ist, als der, den er anklaget, und daß man mit
Grunde fragen kann:

Clo-

---

(1) Reliq. Mss. Frcf. 1720. 8.
(m) Ouvrag. des Sçav. l. cit. p. 66.

Clodius accuſet moechos? Catilina Cethe-
gum? Es kamen zu Gunſten Harduins Sentiments
d'un Docteur de Sorbonne (n) heraus, die er
wohl ſelbſt geliefert haben mag. La Croze begeg=
nete mit einer Reponſe. (o) Dennoch konnte er
ſeine eigenen Glaubensgenoſſen von dem Jeſuiten=
complott nicht überzeugen. A l'égard du fond,
ſagt Bauval, il paroit presqu' incroyable, que le
P. Harduin ait été autoriſé par la Societé des
Jeſuites pour ſoutenir une propoſition ſi ſin-
guliere, (p) und Le Clerc : Je ne prétends
pas excuſer cette Societé, lors qu' elle a tort;
mais je ſai avec certitude, que ſur cette
matiére elle eſt nullement dans les idées de
cet habile Jeſuite. — Je croi auſſi, que l'Auteur des Diſſertations avoit ſupçonné en vain
que le P. Harduin & toute la Societé avoient deſſein de retablir les Decretales; parce
qu'il eſt vrai, qu'il les a rejettées dans l'E-
dition des Conciles, qui eſt préſentement ſous

la

(n) Biblioth. choiſie. T. XIV. p. 332.
(o) Ibid. T. XV. p. 166.
(p) Ouvr. des Sçav. 1708. p. 337.

la preſſe à Paris. J'en ai le premier Tome
ſous les yeux, par où je puis m'en aſſurer.
Er ſetzt hinzu: Il ſeroit a ſouhaiter, que les
gens de Lettres ne s'accuſaſſent point ſur
des ſoupçons, à moins qu'ils ne fuſſent très-
preſſans & tres-legitimes. (q) Eine treffliche
Lection für die gelehrten Herzen = und Nierener=
forſcher! Aus Gelegenheit der Concilienausgabe
muß ich im Vorbeygehen anmerken, daß la Cro=
ze fälſchlich vorgiebt, ſie wäre dem Harduin von
ſeinen Oberen aufgetragen worden. (r) Man
darf nur die Vorrede zum I. B. anſehen. Ab
illuſtriſſimo Clero gallicano ejus rei cura nobis eſt perhonorifice demandata in Comitiis
1685. ſchreibt er. Juſſit Ludovicus M. ut in
editione ea ſtudium & operam nos nomina-
tim impenderemus, poſtquam id ei ſuggeſ-
ſit Ill. D. Comes de Pontchartrain hortatu ill.
Abbatis Bignonii. (s) Indeſſen müſſen doch
La Crozes Invectiven hier und dort auf vorbe=

F 2   rei=

(q) Bibl. choiſ. T. XV. p. 164.
(r) Vindic. vet. Script. p. 33.
(s) Paris. 1715. f.

reitete Gemüther Eindruck gemacht haben. Har-
duino vestro, schrieb Leibnitz an den Jesuiten
des Bosses den 2. Jul. 1708. ajunt mandatum
a superioribus, ut sive revocet, sive inter-
pretetur, quae visus est contra veterum ple-
rorumque genuinitatem dixisse.   Id factum
sapienter; jam enim paradoxa ejus (ut mol-
lissime appellem) in vestri ordinis invidiam,
etsi non jure, a quibuscunque vertebantur;
praesertim cum simul Germonius veterum
tabularum ante Capetinos auctoritatem op-
pugnare videretur. (t)   De Lorme Buchhändler
in Amsterdamm kündete eine neue Ausgabe von
Harduins Werken an.   Der Jesuit sendete ihm
Abänderungen und Berichtigungen.   De Lorme
schlug sie höflich aus, (u) und veranlaßte ihn
dadurch eine Protestation gegen diese ganze Ausgabe ans Licht zu stellen.   Sie steht am Ende
der Ausgabe nebst des Buchhändlers apologeti-
scher Gegenantwort.   Je désavoüe des à pré-
sent, sagt Harduin u. a, l'edition in folio de

mes

(t) Opp. omn. T. VI. p. 181.
(u) Praef. ad Harduin, Opera selecta, Amst. 1709. f.

mes ouvrages, qui fe fait à Amfterdam, &
je la défavoüe, comme une Edition, a quoi
je ne prens aucune part. Elle eft remplie
de chofes, qui n'y feroient pas, fi le Librai-
re en ufoit avec moi, comme on en ufe avec
les Auteurs, qu'on doit laiffer mâitres de leurs
ouvrages jusqu' à la fin de l' impreffion. —
Un Proteftant inconnu, nun wiber la Croze,
m' impute d'etablie, que les Peres grecs &
Latins font fuppofez. Mais comme il con-
vient, que je n'ay pas encore propofé nette-
ment ce fyfteme, il doit convenir auffi, qu'il
n'attaque pas ce, qu'il a vu dans més livres,
mais ce qu'il a cru y voir. — Je n'ay point
d'autre penfée fur les Peres grecs, ni fur les
Peres latins, que celles de l'Eglife Romaine,
des plus fçavans critiques & des plus habiles
Theologiens Catholiques. Quant aux Auteurs profanes, je crois avec les meilleurs
critiques, que parmi des Auteurs, qui font
veritablement auffi anc a s, qu'on le croit,
il s'en eft melé d' autres, fur les quels on
peut raifonnablement fermer des doutes. Mais

ſi

ſi mes ſentimens étoient particuliers, ce ſeroit
une injuſtice criante, que de les imputer à la
Compagnie. Ce ſeroient purement les miens,
ſans qu' elle y eût nulle part, u. ſ. w. Mit
dieſer Proteſtation war doch der Orden noch nicht
zufrieden, ſondern die Pariſerprovinz ließ den 27.
Dec. 1708. eine Erklärung ergehen, die man ganz
in der Hiſt. des Ouvr. des Sçav. (w) leſen kann.
Nur den Schluß will ich anführen: Le Public ne
doutera pas non plus que ce ne ſoient la de
tout tems nos ſentimens, après qu'il a vû dans
nos Memoires de Trevoux le ſyſtême de la
ſuppoſition des anciens Auteurs non ſeule-
ment rejetté comme faux & dangereux,
mais refuté par des preuves poſitives, long-
temps avant qu'un Proteſtant de Hollande ſe
fût aviſé d'en ſaire un deſſein concerté entre les Superieurs de la Compagnie: ce qui
eſt un paradoxe ſi contraire au bon ſens,
que celuy, qui n'a pas eu honte de le de-
biter ſerieuſement, eſt vû refuté par céux
même de ſon party, qui ont le moins accoû-
tumé

_____

(w) Mars. 1709. p. 118.

tumé d'epargner les Jesuites. Harduin üns
terzeichnete diese Erklärung, verdammte alles in
seinen Schriften, was sie verdammte, versprach
weder mündlich noch schriftlich in Zukunft ihr
entgegen zu handeln, oder wenigstens, wenn er
das Alter eines noch von niemanden bezweifelten
Werkes anstreiten würde, seine Gründe mit Er-
laubniß seiner Oberen und der öffentlichen Cen-
sur der Welt vorzulegen. Hat er nun in der
Folge dieses Versprechen mündlich nicht gehalten,
wie der Card. Querini auf 1711. erzählet, (x)
so vermehret er freylich die Zahl der unglücklich
Ueberzeugten, die uns in der Geschichte des
menschlichen Verstandes aufstoßen, und sein Wi-
derruf ist ein Beytrag zur Erleichterung des Ur-
theiles über den Werth so mancher Retractatio-
nen, welchen man in der Literarhistorie begeg-
net. Ich schließe mit des planreichen Leibnitz
merkwürdigen Ausspruche über Harduins Betragen. Mihi in melius omnia, qua licet, tra-
henti audacior dubitatio, vel, quod malim,
dubi-

(x) Comment. de reb. ad se pertinent. P. I. Brix,
1749. p. 104. 8.

dubitandi fimulatio tanquam jactum in me-
dium Eridos pomum non tantum excufabilis,
fed etiam utilis videtur. Αγαθη δ'ερις ηδε
βροτοισι. Poterit enim excitare viros doctri-
na & judicio praeditos ad condendam, quae
nondum extat, Hiftoriae fcientiam, quam ita
accipio, ut ipfa ejus principia muniantur
demonftrationibus, quas fert natura rei,
quales vulgo moralis certitudinis effe dicun-
tur. (y)

XI.

Und fo wären denn nun die diplomatifchen
Streitigfeiten abgethan? Leider nicht! Une nouvelle guerre, erzählen die vortrefflichen Verfaffer des Nouv. Traité de Dipl. ou pour mieux
dire, un renouvellement de celle, qui fut
fufcitée à D. Mabillon, il y a près de 50.
ans, à plûtot été l' occafion, que la caufe
de l' ouvrage, que nous offrons au Public.
Le premier fignal de ce diférend fut donné
par une Mémoire publié en 1742. où l'on
atta-

(y) Differt. de Numis Grat. Opp. T. IV. P. 2. p. 254.

attaquoit deux diplomes d'une celebre Abbaye. La Reponſe imprimée en 1743. ſous le nom de *Défenſe des Titres & des Droits de l'Abbaïe de S. Ouen*, qui auroit dû terminer la diſpute, attira dans la même année une replique intitulée: *Juſtification du Mémoire ſur l'origine de l'Abbaïe de S. Victor en Caux*, bientôt ſuivie d'un *Premier ſupplément à la defenſe des Titres de S. Ouen*; ſupplément, qui ſous une frontiſpice trompeur venoit à l'appui de la Juſtification. (z) Und hat denn nicht erſt vor wenigen Jahren das Schreiben an einen Freund, darinn einige Zweifel wider die Aechtheit der Stiftungs＊urkunde des h. Stephanus für Martinsberg von 1001. vorgeleget werden, (a) einen ähn＝lichen Zwiſt in Ungarn erreget, und viele Schrif＝ten nach ſich gezogen, die in zu friſchen Anden＝ken ſind, als daß ich ſie herzählen müßte? Aber die Diplomatik iſt doch in unſeren Tagen zu einem vollkommenen Syſtem gediehen? Wer die＝

(z) T. I. Preface,
(a) Wien, 1779. 8.

dieſes glaubet, wird betroffen werden, wenn er
bey dem der Sache gewiß kundigen Gatterer
leſen wird : Diplomaticae univerſalis Syſtema
adhuc deſideratur. (b) Er wird ſich aber wieder tröſten, wenn er findet, daß der gelehrte Mann
dieſes Syſtem von den Verfaſſern des Nouveau
Traité de Diplomatique erwartet. (c) Sie haben nun ihr Werk vollendet, und ich wünſche,
daß man ſich immer an ihre Entſcheidungen halten möge. Allein das Utile, das in diplomatiſchen Streitigkeiten meiſt zum Grunde liegt, läßt
dieſes kaum hoffen. Man wird ſtreiten, ſo lange es Beſitze und Anſprüche geben wird. Dadurch wird noch manches in der Völkergeſchich-
te, in der Geſchlechtkunde, in der Biographie,
in den Sitten der Alten, in der Graphik, in der
Geographie, Statiſtik und Politik aufgekläret
werden. Niemal wird ſich eine ganze Menſchen-
geſellſchaft wider die alten Urkunden erklären, wie
ſich auch niemal eine dawider erkläret hat; aber
in jeder Geſellſchaft werden ſich zuweilen die
Glie-

(b) Elem. Art. Dipl. univ. Vol. L p. 2.
(c) L. cit. p. 3.

Glieder über die Aechtheit dieser oder jener Ur=
kunde widersprechen. Und o daß die Widerspre=
cher zur Ehre der Menschheit und des gelehrten
Standes niemal der Bescheidenheit und Mäßigung
vergessen, und die Erzähler der Widersprüche im=
mer die Quellen selbst besuchen und vergleichen
möchten, um durch ein bequemes Nachsagen nicht
Irrthümer und Vorurtheile fort zu pflanzen!

Hoc studium parvi properemus & ampli!